草書韻會

上

（金）張天錫 編

教育科学出版社
·北京·

草書韻會

上

（金）張天錫 著

·北京·
教育科学出版社

目録

目錄

讀草書韻會

皇和帝者尚書堂集

晉右將軍王羲之書

狀尾有索靖十七以年我友

見重人教有七精妙神彩

不減法帖至元末西子者

又從館于趣字改名草書

集韻新已不精洪主中

蜀郡又繫刻其物所以及

法名堂從其之刻又粗意

可惡燈也此乃繫刻從書

而子本本西洋書而子本

拜養不經見之善源識者

本未其多為兩河刻之不

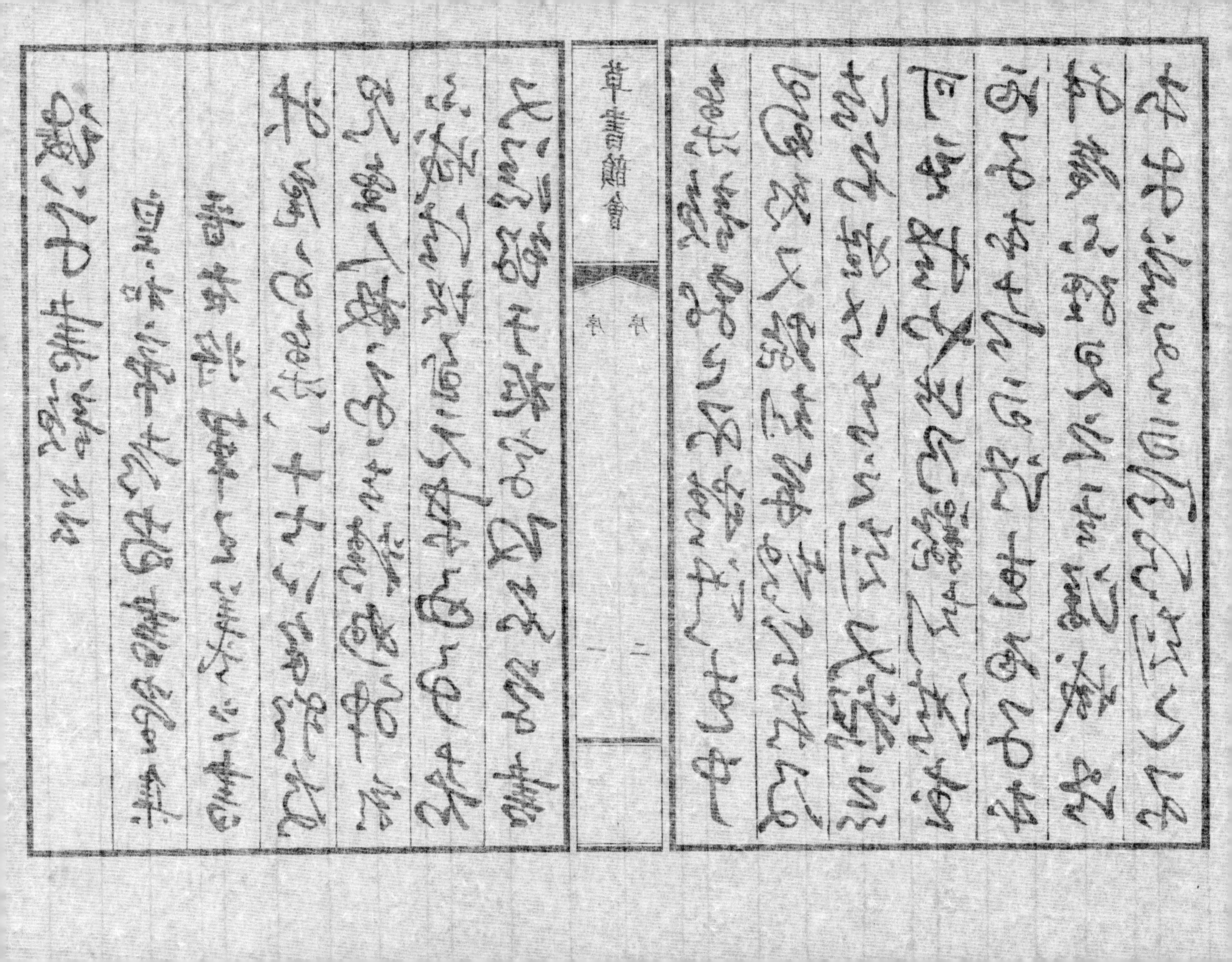

精其波磔因從文徵明可之
之草書氣韻當求張周得
可為名書者耶且已法學書家
性互物也

楊[illegible]卿[illegible]

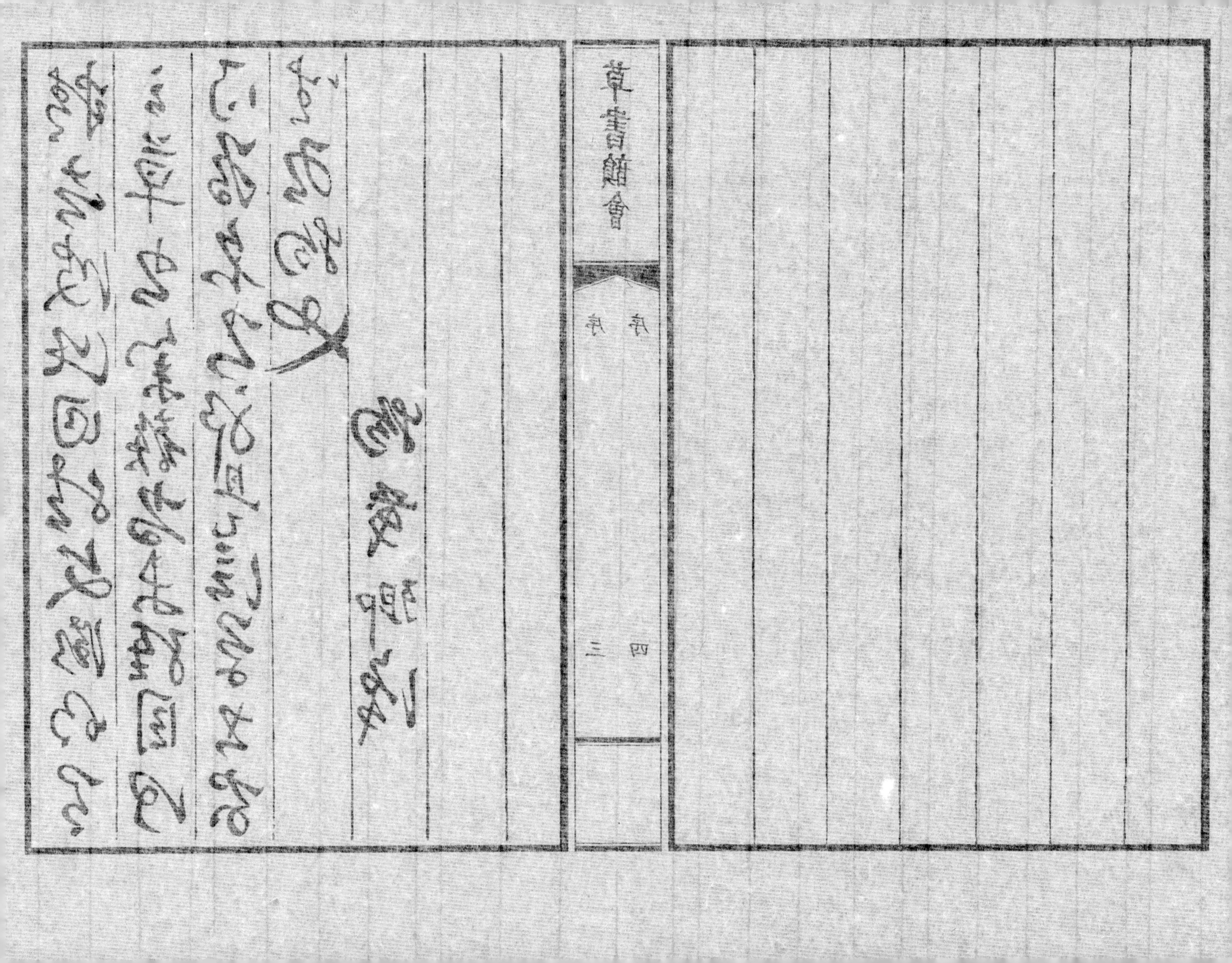

錦溪張君用以書馳名者數十載頃

遭遇

道陵書扁寧宮上都　昭先殿及

諸殿宇名極為士林稱羨真字

得柳誠懸法草書求諸漢魏

晉宋已來名人之妙都下時輩與

明昌間文人才士游一日作詩贈二

二老人謂公曰子于法書多不遍覽

能將其字畫臨倣六尊真草書惟

古意就章草智永張旭懷素千文

及孫過庭書譜外成行段者居世

無多舊見唐有草字韻僅千餘字

惜不見其全本我二人久欲成斯韻

事於暇未遑子其為我成之於是

君用忻而諾之自此游宦四方見諸草字卷軸碑本一書一簡片文隻字亦必留心僅四十年方成草韻一帙每一字有備數家之體者悉標姓字於其下觀龍跳虎卧蟲尾銀鈎疊疊爲前張公之於注書其所用心非淺淺者矣士君子如置

一編於几案間將古人苦心書法一旦盡奄有之乎胷中焉知將來不解作雪嶺孤松冰河危石者耶正大年卯歲季夏望日樗軒老人題

洪武二十九丙子 日 梁刊

草書韻會引

草書尚矣由漢而下崔張精其能魏晉以來鍾王擅其美自茲以降代不乏人夫其俳徊閑雅之容飛走流注之勢驚竦峭拔之氣卓犖跌宕之志矯若游龍疾若驚蛇似邪而復正之斷而還連千態萬狀不可端倪亦閑中之一樂也而明昌間翰林學士承旨党文獻公始集數千條修撰黃華王公又附益之其大散逸

草書韻會引

草書尚矣由漢而下能[illegible]精其能魏晉以來鍾王盡其美自茲以降代不乏人秉其神圓潤[illegible]之容[illegible][illegible][illegible]之勢[illegible]索靖[illegible]之[illegible]草聖[illegible][illegible][illegible][illegible][illegible]

[illegible][illegible][illegible][illegible][illegible][illegible][illegible][illegible][illegible][illegible][illegible][illegible][illegible][illegible][illegible]中之一樂也[illegible]明昌間翰林學士承旨黨文獻公[illegible]集[illegible]十條[illegible][illegible]黃華王[illegible][illegible][illegible]之立人[illegible][illegible]

不復可見今河中大慶閣機察張公君用類以成韻據拾殆盡用意勤矣將板行以与士大夫共之竊嘗以謂通經學道本也書一藝耳然非高人勝士胷中度世有數百

卷書筆下無一點塵亦不能造微入妙君用素工書翰故能成此正大八年十二月四日閑閑居士趙秉文爲題其端

見住燕京縣角頭鄭判王家雕印

歷代善草書人數二百五十八人道
孫在者一百一十三人

漢

章帝 史游 張芝 崔瑗
崔寔 蔡琰 王曄 羅暉
張超 趙襲 張越 徐幹

魏

太祖 文帝 曹植 鍾繇
韋誕 寰松 劉廙 杜畿
衛覬

蜀

諸葛亮

吳

皇象 賀邵

晉

成帝 司馬攸 何曾 衛瓘
衛恒 韋昶 杜預 張華
嵇康 張翰 李式 劉瓌之
索靖 王羲之 王導 王恬
王薈 郗鑒 郗愔 郗儉之

草書韻會 引

衛恒 [illegible]

晉

吳

漢

[illegible]

一四

一三

[illegible] 凡 [illegible] 人

[illegible] 書人數三百五十八人 [illegible]

郗曇 庾準 庾翼 楊羲

卞壺 庾亮 王廙 謝安

衛夫人 夫人 謝璠伯 謝 王羲之 右 王獻之

王濛 王徽之 王渾 王戎

桓溫 張翼 王泯 王珣 王

許靜民 王洽 王敦 王述

王衍 紀瞻 王邵 王循

蔡克 王曇 沈嘉 陸機

陸雲 溫放之 謝敷 謝尚

詹思遠 劉伶 伶 謝万 万

前趙 劉聰 劉曜

後魏

崔玄伯 崔浩 崔悅 王世弼

李思穆 劉懋 劉仁之 庾道

裴敬憲

宋

太宗 宋太宗 謝靈運 劉裕 孔琳之

薄紹之 范曄 羊語 王敬和

丘道護 張茂度 盧循 沈約

裴松之 賀道力 羊欣

南齊

蕭道成 源楷之 劉泯 褚淵

江夏王鋒 蕭慨 王僧虔 王志

王慈 張融

北齊

張景仁 趙仲將

梁

武帝 王克 任昉 傅昭

蕭子雲 劉孝綽 丁覘 蕭思話

陶景弘 孔敬通 蕭確 朱异

周和緣 阮研 庾肩吾

陳

始興王 永陽王 江總 虞綽

沈君理 袁憲 毛喜 鄭仁

陳逵 顧野王 蔡景歷 謝朓

王撤 王公幹 蔡凝 伏知道

劉顗 陳伯智 蔡澄 陸繕

後周
元礼 王褒

隋
煬帝 釋智永 釋智果 房彥謙
竇慶

唐
太宗 高宗 則天 歐陽
薛紘 虞世南 褚遂良 陸柬之
鄔彤 楊師道 魏叔瑜 李懷琳
杜審之 張旭 李白 賀知章

孫虔禮 王知敬 白居易 史鱗
杜牧 裴行儉 張從瓘 鍾紹京
王紹宗 裴說 韋斌 李德裕
吳通玄 張諲 李翱 林傑
顏真卿 柳公權 鄭虔 宋令文
魏元忠 元希聲 張志和 韓愈
盧知猷 [illegible] 薛濤 韓覃
王虞之 王承規 衛秀 洪元眘
魏慄 韓滉 景獻 周岩戍

[illegible]

李肖　張仲謀　裴素　胡季良
鍾離權　徐嶠之　韋孝規　張廷範
釋九人　懷素　懷仁　高閑
亞栖　䛒光　景雲　貫休
夢龜　文楚

五代
杜荀鶴　薛存貴　楊凝式

宋
錢俶　蘇舜元　蘇舜欽　蘇軾

黃庭堅（谷）　米芾　杜衍　蔡襄
周越　石蒼舒　鍾離景伯

金
王競　高士談　任詢（龍巖）　黨世傑
趙渢（黃山）　王庭筠（黃華）　趙秉文（閑閑）　史公奕
王仲元（錦峰）　張師章　王萬慶

此韻自始至終字，皆有淵源。至一點一畫，無不接於規矩者。但法度稍異者，皆注其所出。同家同者不注。

金

草書韻會上平聲

錦谿老人張天錫集

東一 冬二 江三 支四 微五

魚六 虞七 齊八 佳九 灰十

真十一 文十二 元十三 寒十四 刪十五

東

東 凍 同 仝 童

僮 銅 桐 筒

潼 瞳 罿 中 衷

忠 蟲 沖

种 終 螽 崇

嵩 崧 駥 娀 戎 羢

絨 躬 宮 融

雄

熊 瞢 夢 谷

草書韻會上平聲

錦谿老人張天錫集

東一　冬二　江三　支四　微五

魚六　虞七　齊八　佳九　灰十

真十一　文十二　元十三　寒十四　刪十五

東

穹 窮

藭 馮 風

渢 楓 豐 酆

芃 隆 癃 空

公 功 蒙

濛 朦 霿 籠 朧

蘢 嚨 瓏 洪 紅

鴻 叢 叢

瀧 翁

急 聰 驄 通 蔥

稷 蓬

二冬

冬 彤 鼕 鬆 淙

淙 農 儂

膿 攻 鬆 鐘

顒 松

龍 舂

樁 衝 容

溶 庸 鎔 鏞

鄘 蓉 封

兇 洶 顒 鴨 醲

穠 重

從 逢

縫 峯 鋒

蜂 烽 縱 蹤

茸 蛩 邛 筇

蓬 犛 篷

三江

江 扛 釭 厖 狵 窗

缸 撞 邦 降

舡 腔 龐 逢 雙

欆 瀧 幢
撞 橦

四支

巵 梔 枝 肢 禔
氏 鳷 榰 移
爲
萎 委
麋 蘪 隳 釄

右 索 錘 陲
羸 右
吹 炊 披 陂 碑
羆 隨 索 右 未 索 隋 虧
鬮 窺 琦
騎 錡 祇 索 示
蚑 歧 軝

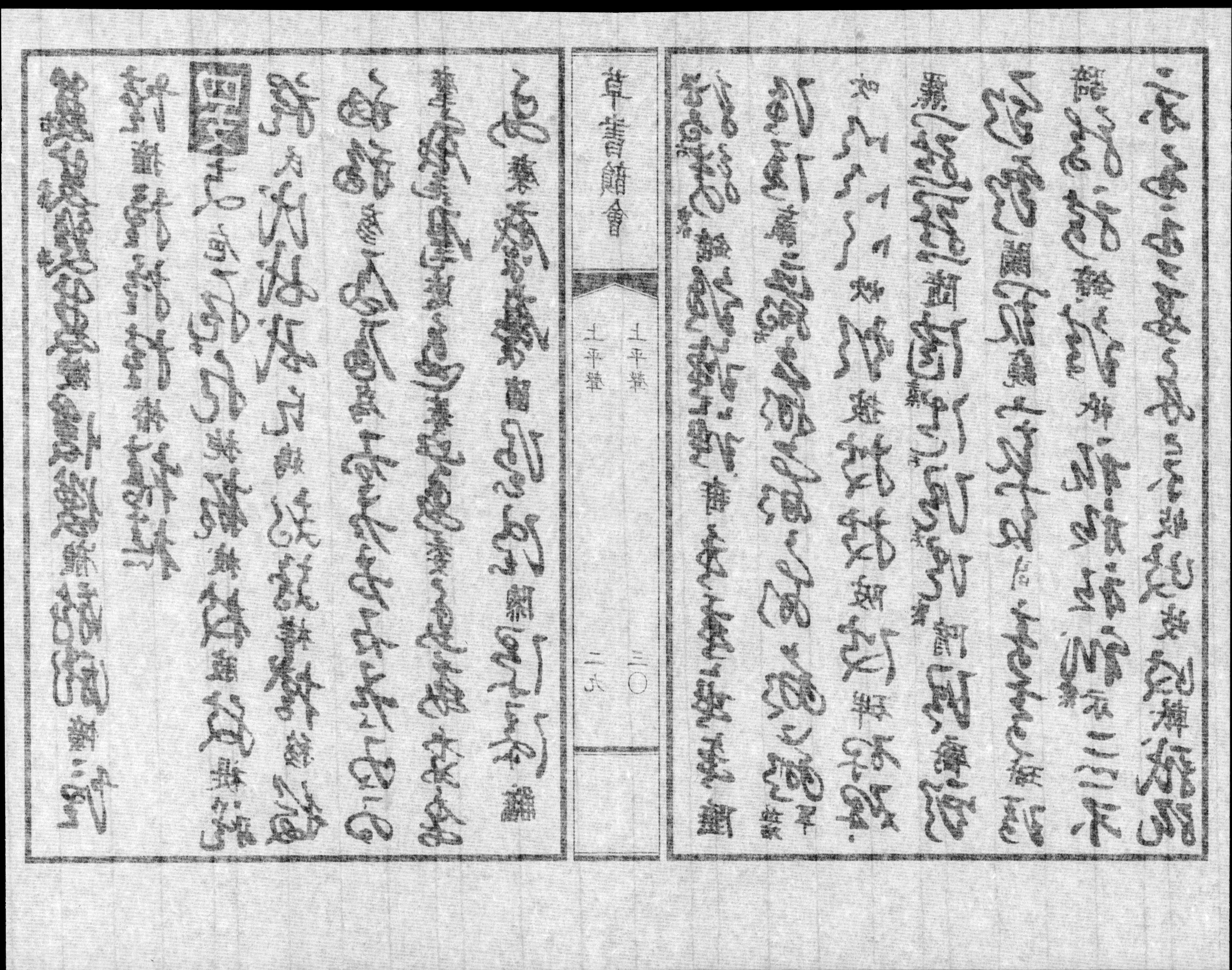

譏 羲

宜 儀 鸏 涯

罷 提 㒸

禔 兒 離

籬 醨 罹

璃 鸝 驪

赤 驪 蠡 貲

頭 訾 觜

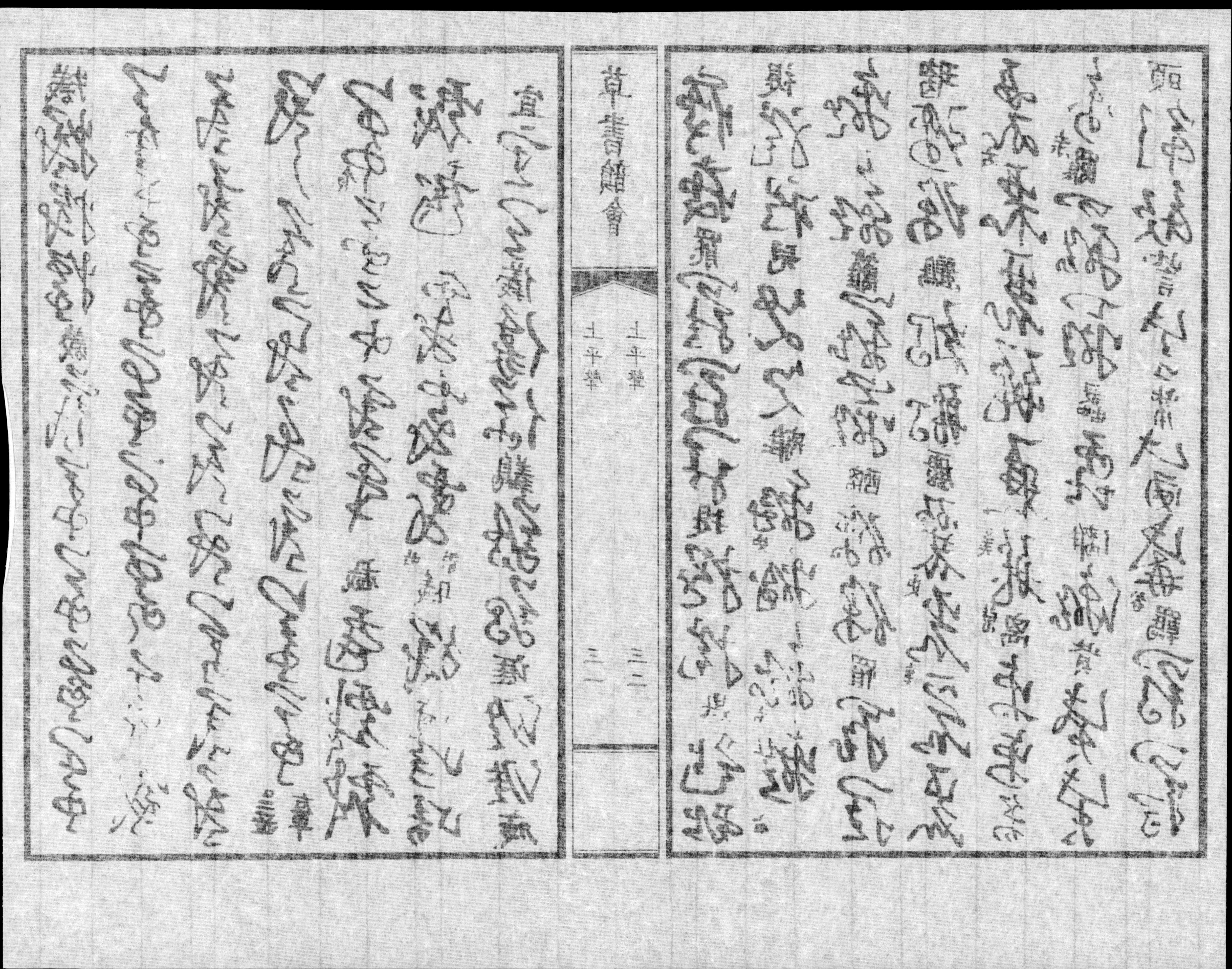

頁

宣

琦 羈 奇

裨 脾 施 斯

虒 澌 差

攜 蠵

鸝 醯 弥

雌 知

漪 猗 椅 馳 右

池 麓 斯

危 醨 規

雉 蒯 衰

胝 脂 祇 姨

痍 師

毗 比

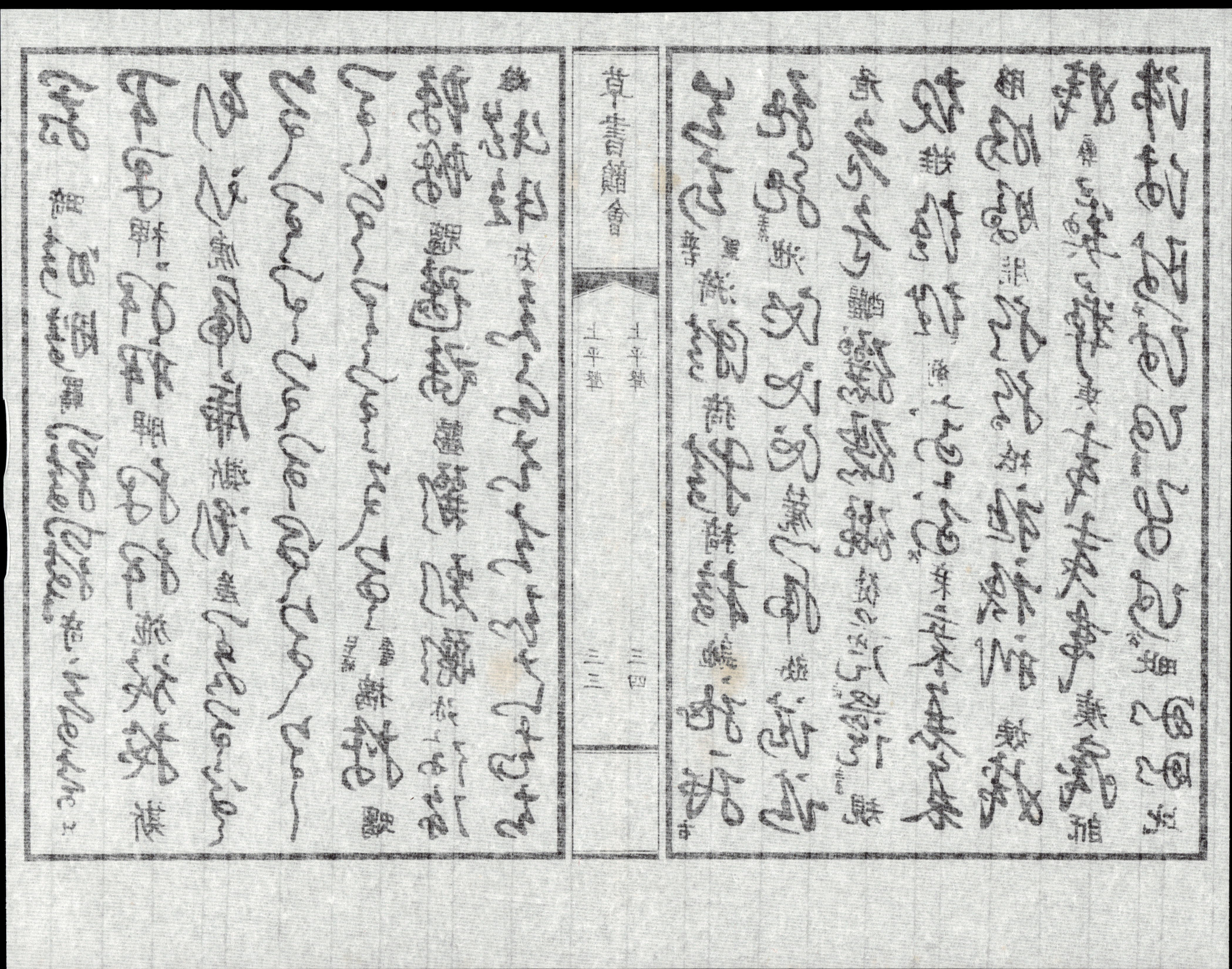

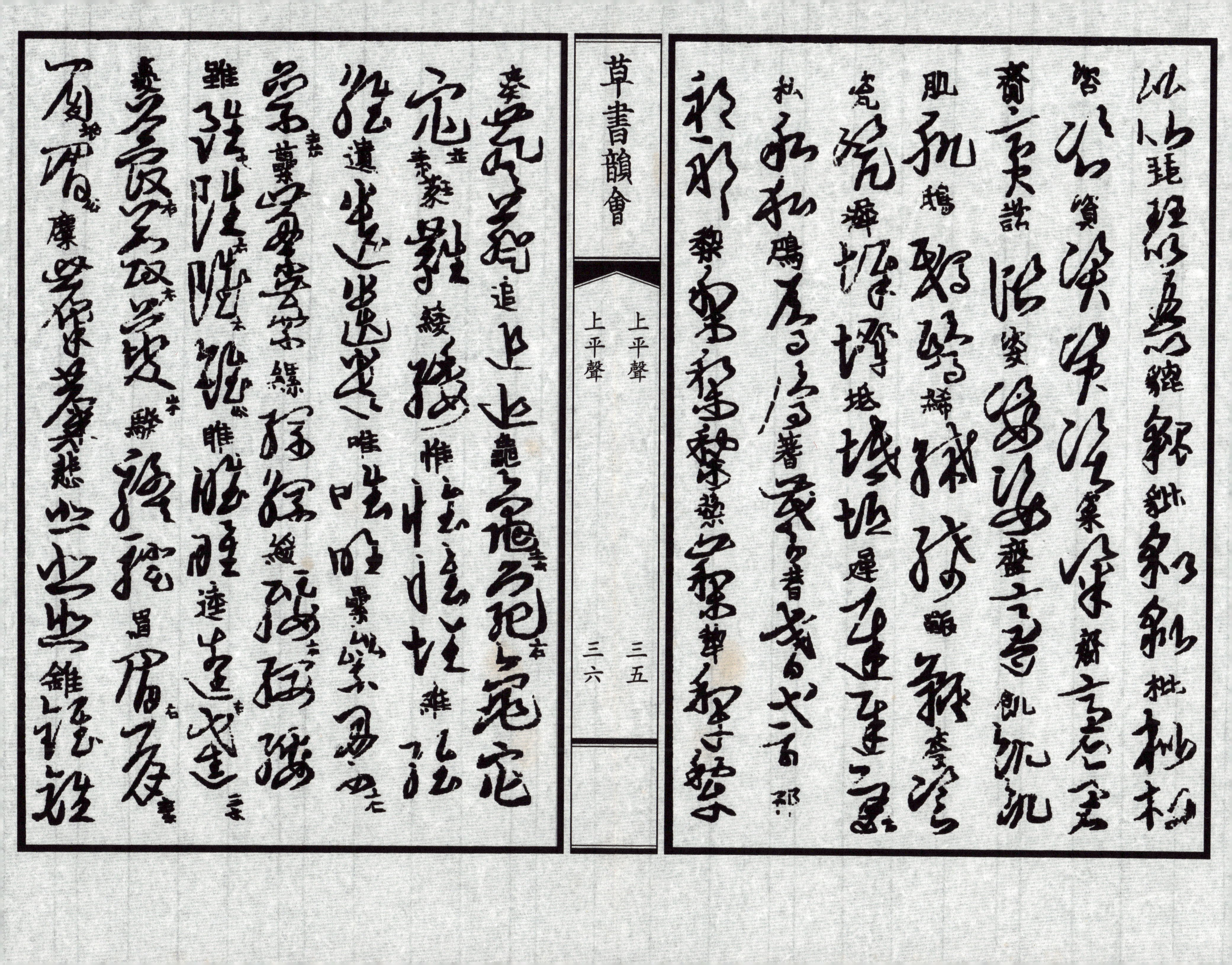

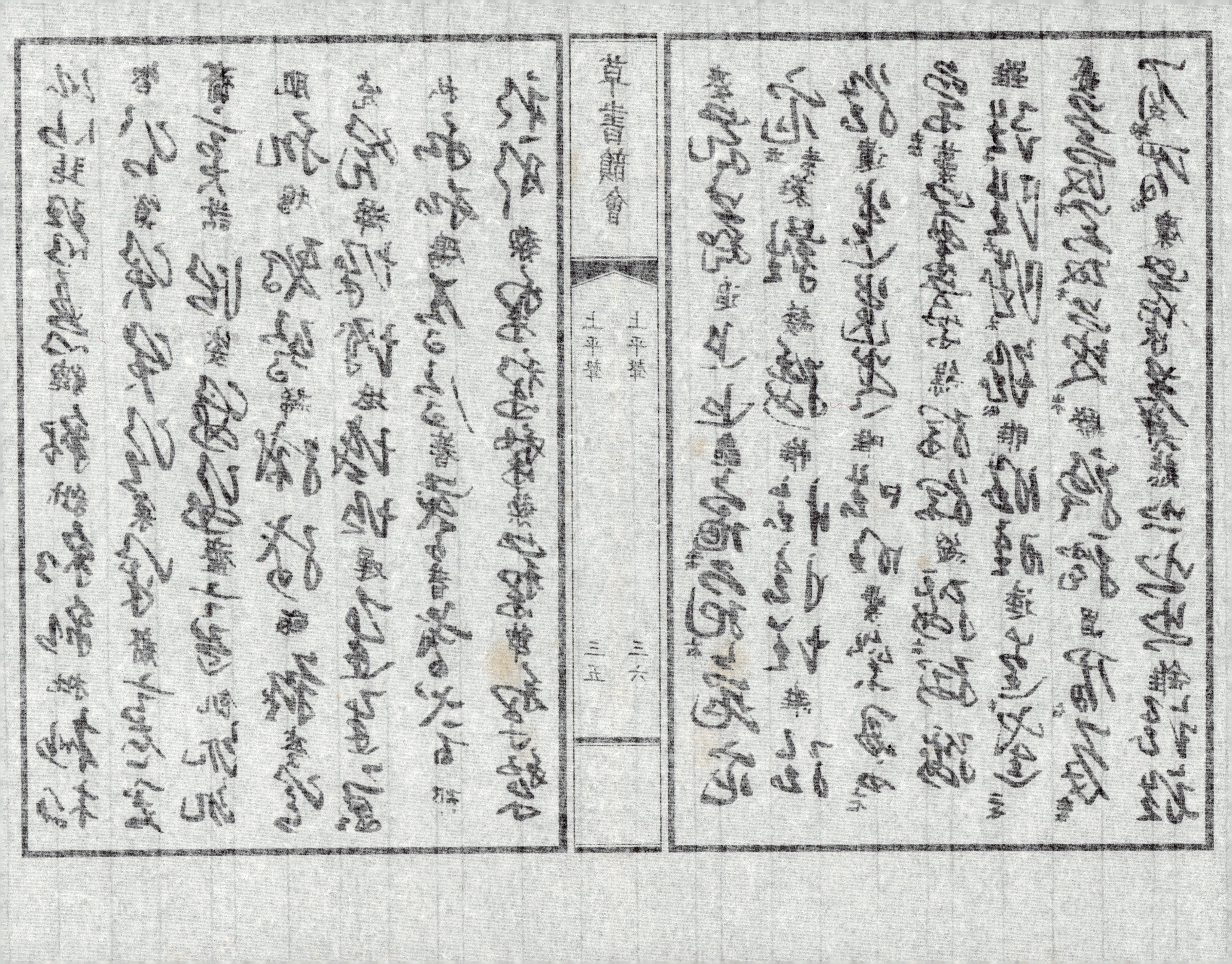

雖 誰 惟 丕 鎚

推 紕 之 芝

鮐 怡 貽 頤

台 時 彝

疑 思 司

絲 其

期 旗 綦 麒 騏

綦 棋 詩

而 欺 姬 基 箕

詞 祠 辭

螭 罹 釐 蓍 淄

輜 緇 僖 熙

嬉 禧 嘻

醫 噫 夔

苔 治 持 蚩
嗤 慈 鶿 兹
孳 滋 嵫

五微

微 薇
揮 輝 暉 徽
翬 幃 闈
圍 違 霏 妃
菲 騑
扉 非 緋 肥
威 葳 祈 頎
譏 畿 嘰 饑
蘄 機 磯
璣 希 晞 稀
俙 依 衣

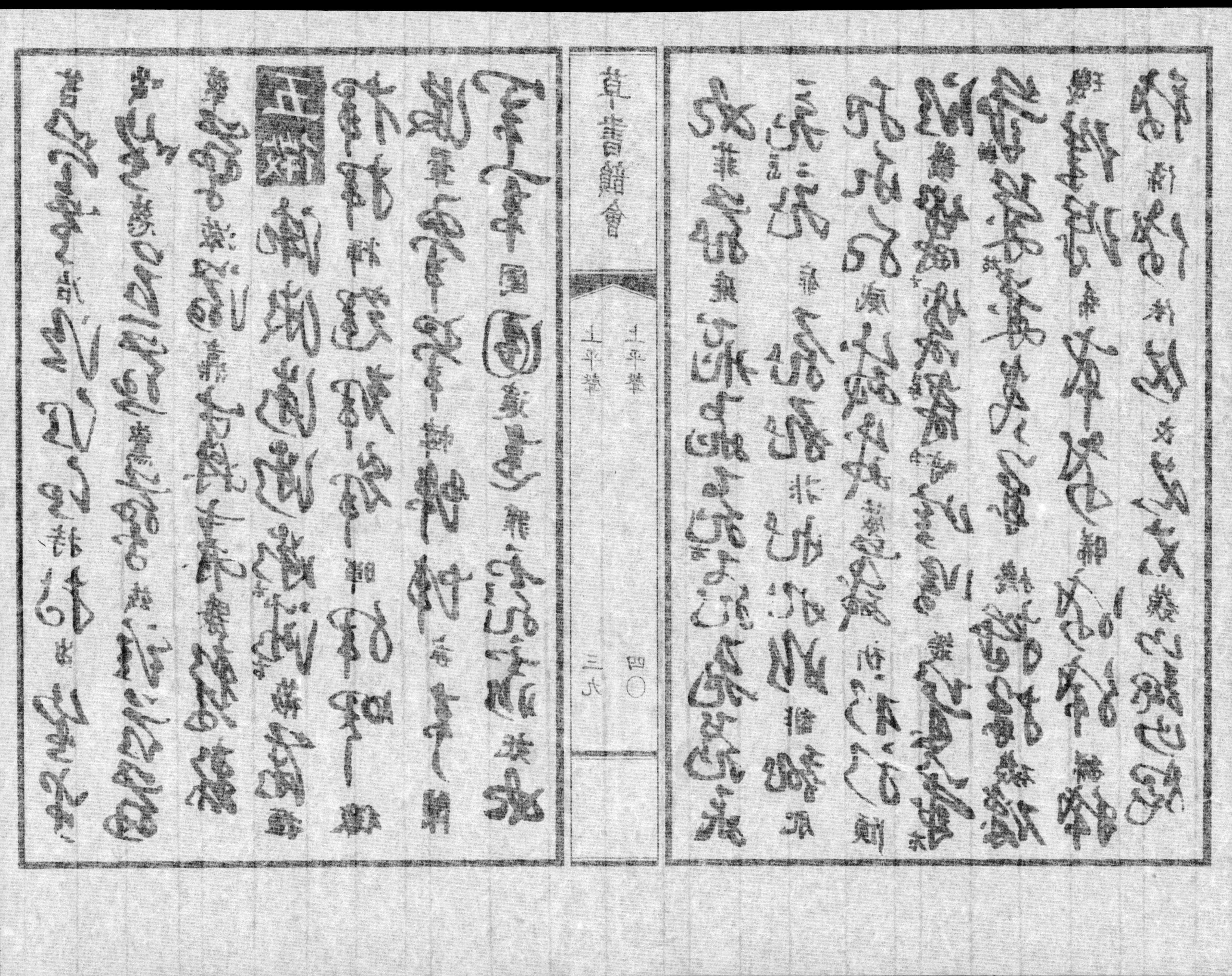

五微

歸

魚

祛

書

舒

居

裾

車

渠

蘧

余

餘

輿

旟

歟

與

譽

趄

狙

异

胥

雎

鋤

攄

疏

梳

蔬

疎

虛

噓

徐

於

豬

臚

閭

廬

驢

盧

詓 巳上皆 韋
除 躇 儲 蒢 如
懅 扶 櫖 蜍
篨 挐

七虞

皇 右 素 愚 娛
隅 芻 皇 蒭 史 索
無 史 皇

右軍 素 毋 蕪
誣 巫 雩 歈 右 素 灉
鸜 毹 儒 濡 須
鬚 株 邾 蛛 殊
銖 茱 踰 索 並右軍
窬 諛 俞
愉 區 驅 嶇 軀

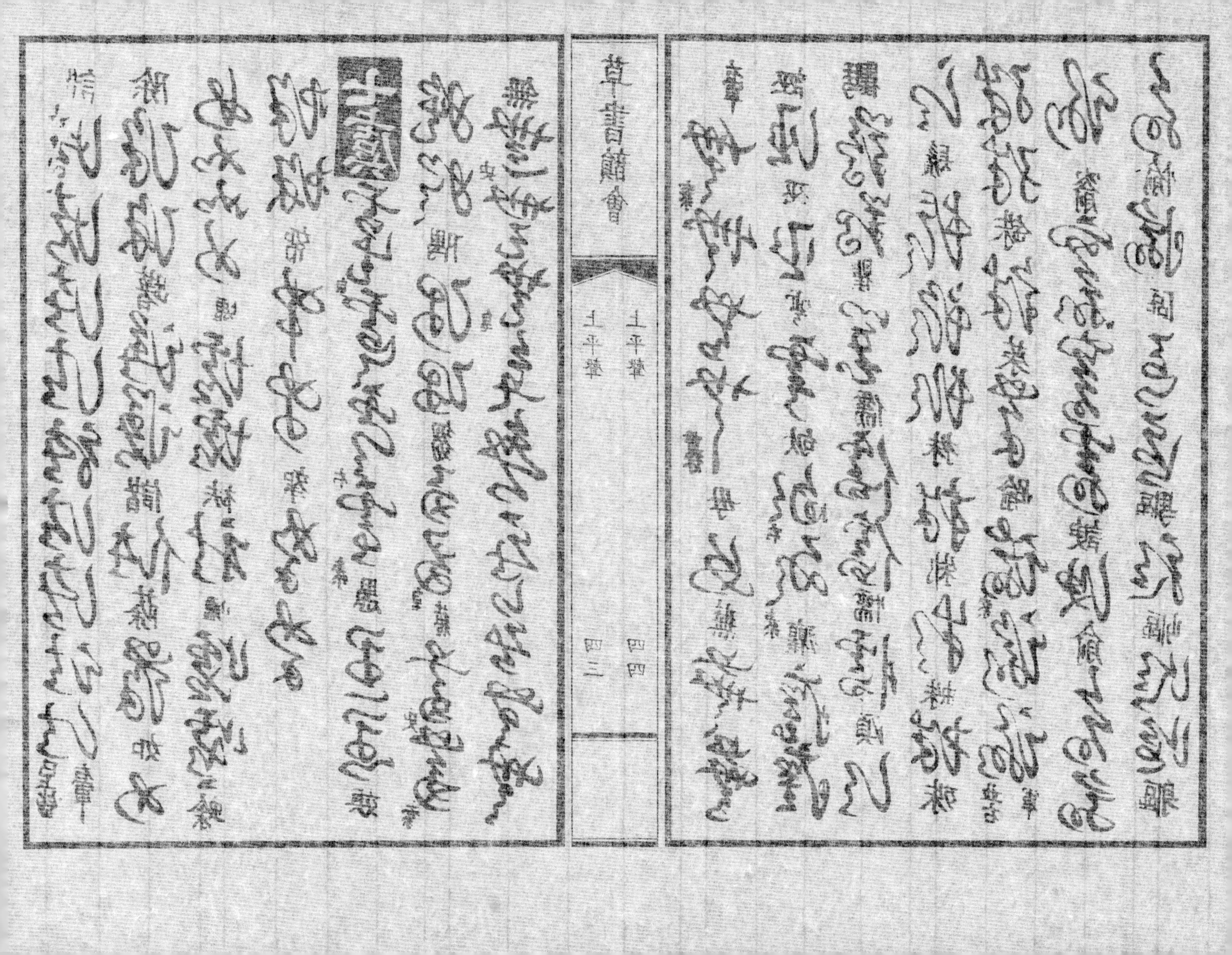

十賄

朱 珠 趨

蔞 婁 扶 芙 符

麤 雛 敷 孚

鄜 痡 罦 趺 膚

鈇 輸 毹 廚 躕

拘 駒 俱 銖

模 謨 酺 匍 蒲

蒲 胡 壺 弧 孤

瑚 湖 狐

乎 虖 瓠

姑 辜 酤 觚

鴣 沽 徒 屠

途 塗 酴 荼 圖

烏 嗚 呼

溥　吾　鼯　吳　戲　鋘　鑪　蘆　轤　蘇　酥　烏　於　惡　逋　晡

都　闍

齊

臍　黎　犁　騠　萋　悽　低　隄　啼　蹄　提　題　醍　禔　緹

八齊

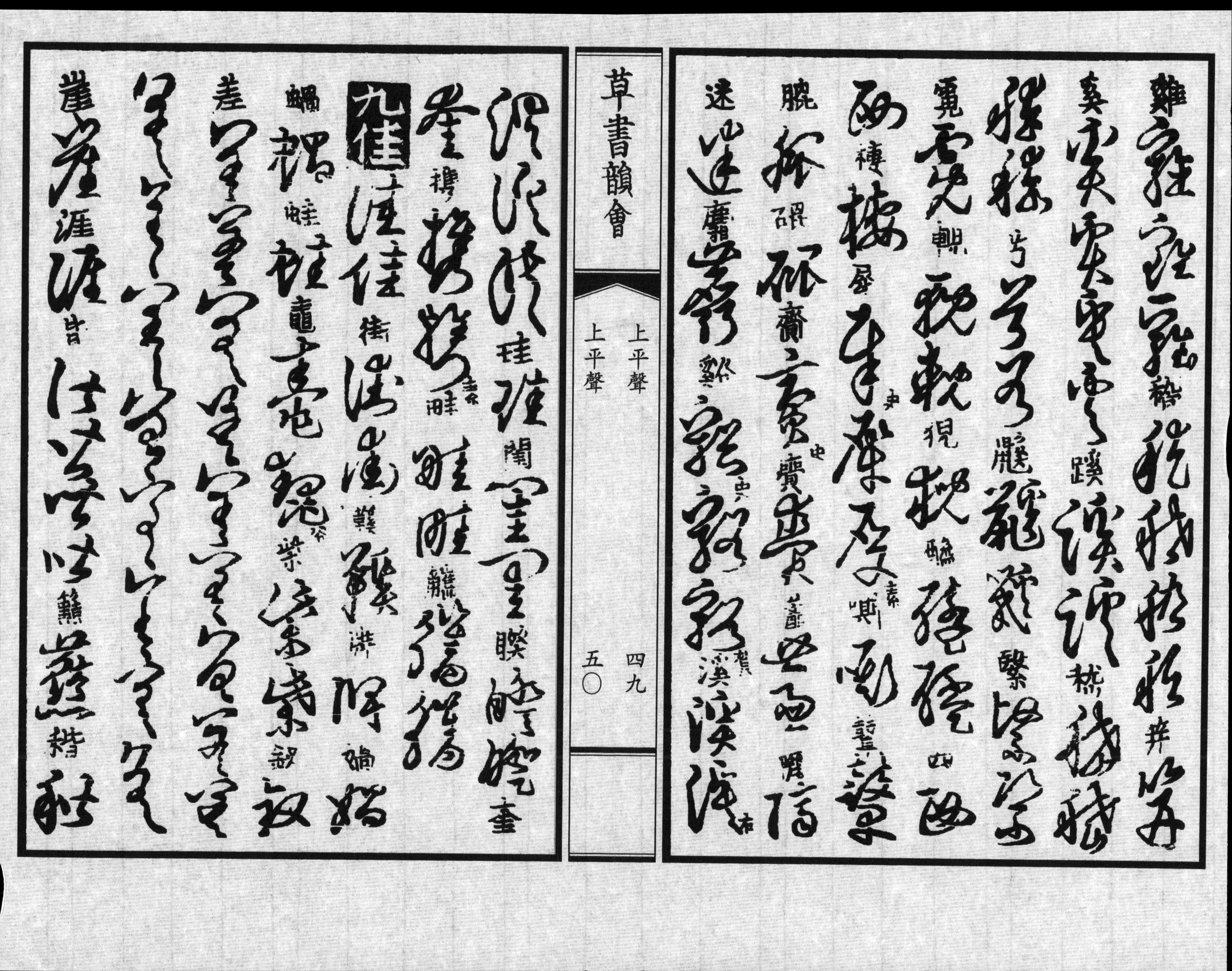

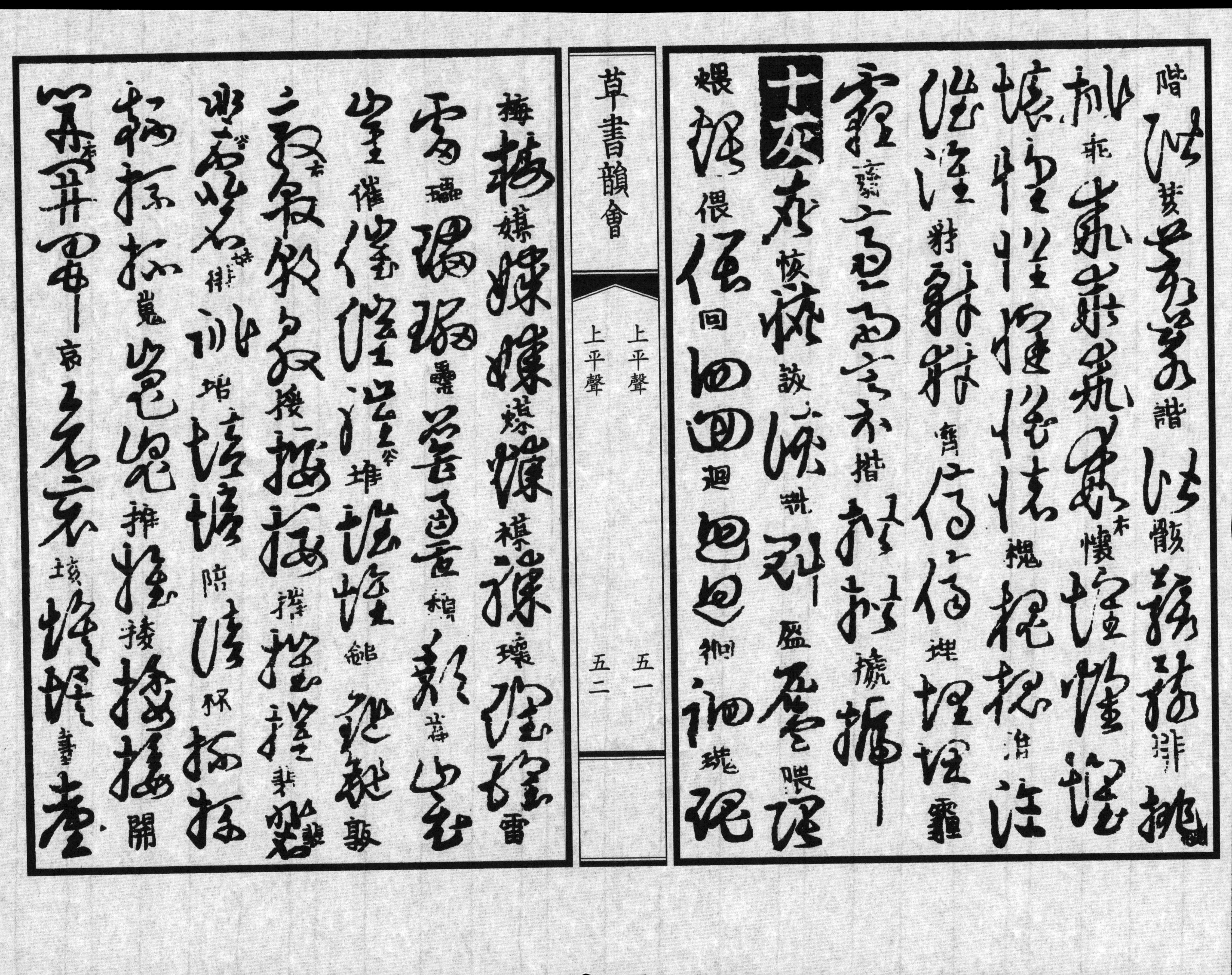

喈 荄 諧 骸 排

乖 懷

槐 淮

豺 儕 俳 霾

齋 揩 搋

十灰

恢 詼 魁 盔 喂

煨 偎 回 迴 徊 瑰

梅 媒 煤 禖 瓌 雷

瓃 罍 頹 [illegible]

催 堆 䭔 敦

摧 摧 裴 裵

徘 培 陪 杯

嵬 推 擡 開

哀 埃 臺

十灰

皆 駘 諧 咳 骸 纔 財 來 萊 哉 裁

十真

猜 胎 能 甄 振 瞋 因 闉 煙

陻 新 薪 辛 宸 辰 晨 宸 神 親 伸 身 賓 濱 鑌 麟 鱗 陳 塵 津

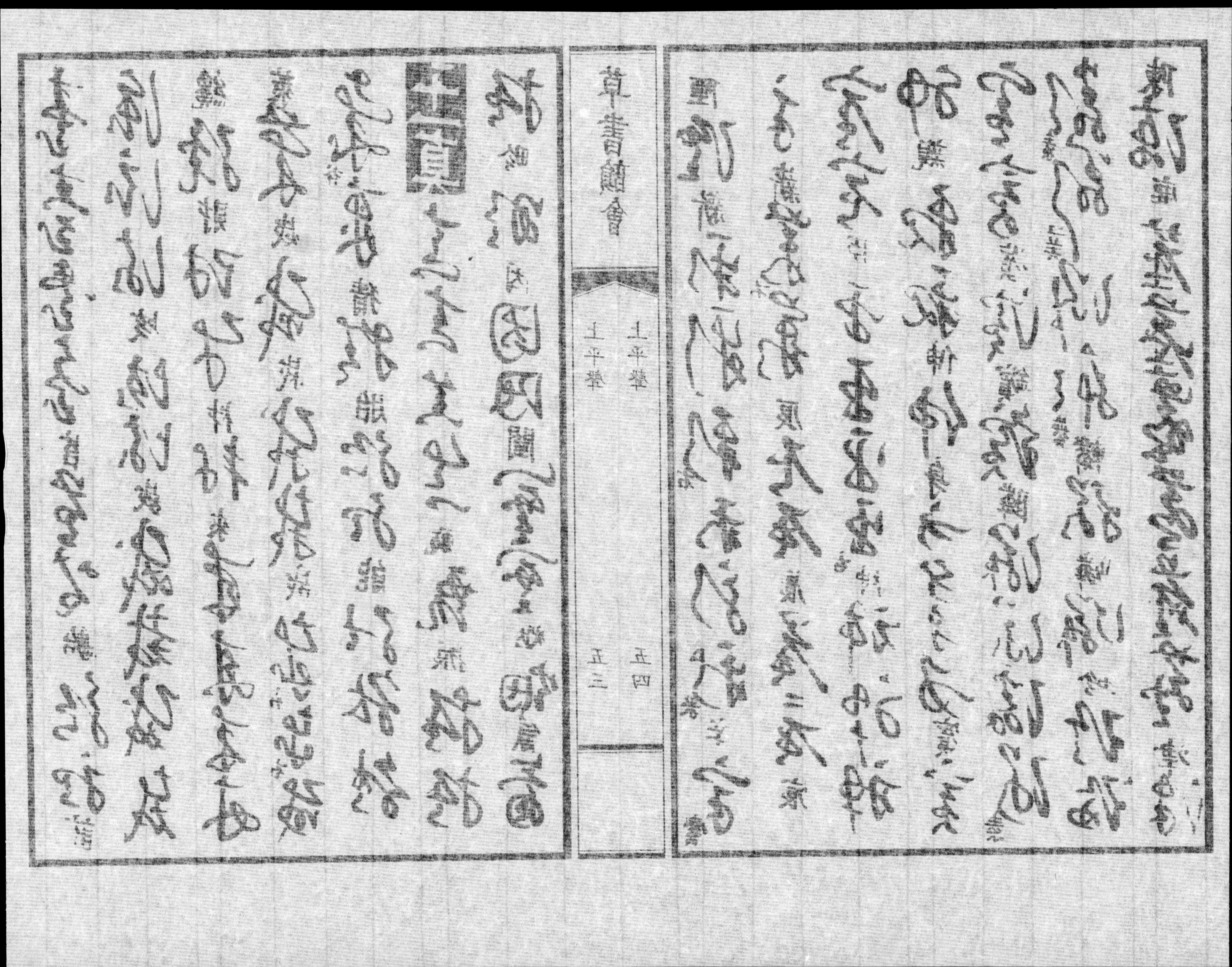

十灰

眞 寅 紉
繽 蘋 蘋 獱
璺 嚬 銀 誾 嚚
垠 巾 麕 濱
湮 貧 遵 彬
緡 邠 民 諄
椿 櫄 純 蓴 醇

鶉 淳 脣
淪 倫 輪 綸 屯 窀
逡 皴 遁 舂
馴 均
鈞 臻 溱 蓁
詵 駪 詵

十二文
聞

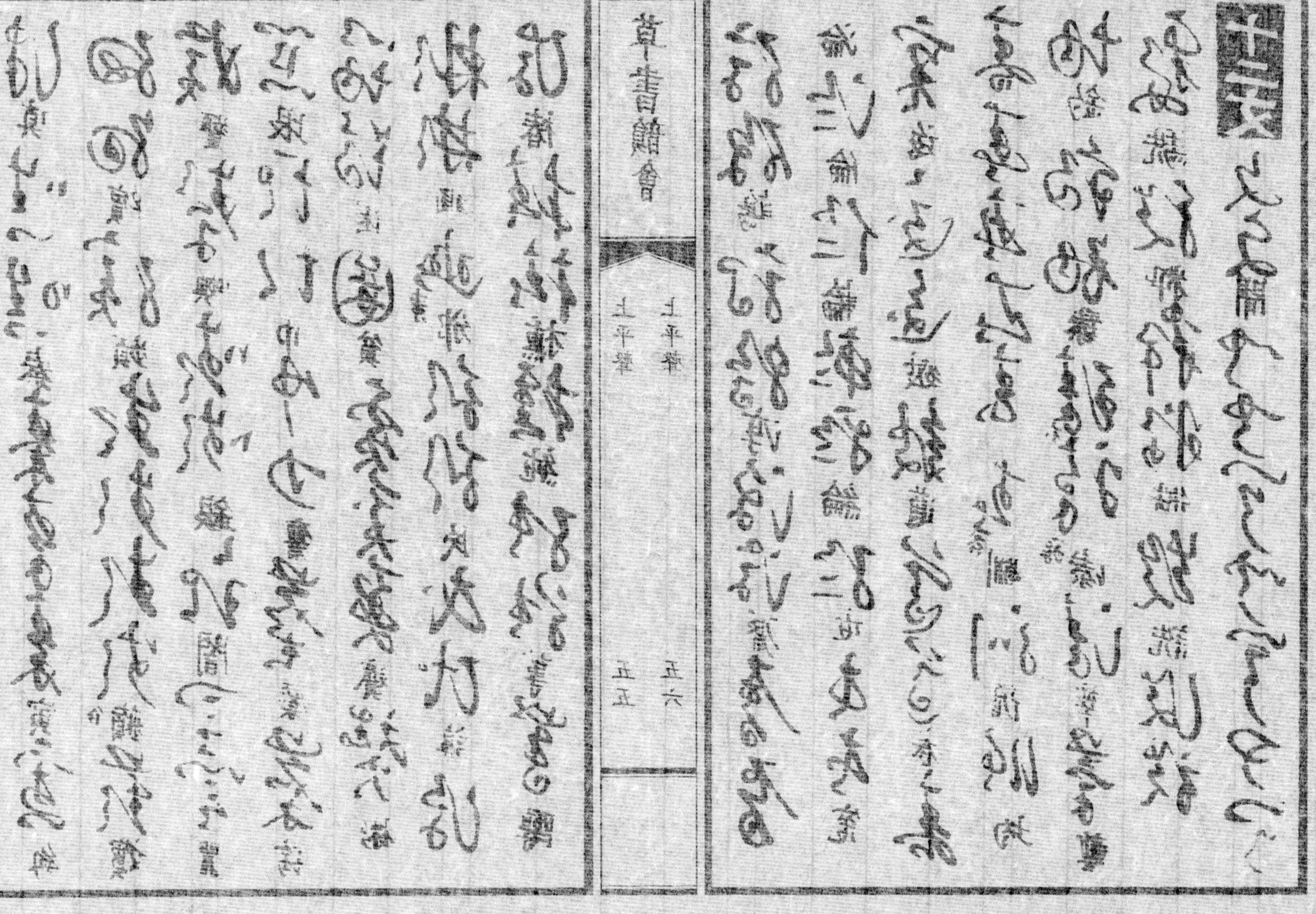

十五支

紋 雲 蘊
耘 紜 熅
氳 汾 墳 大氣 濆
焚 頒 賁 分
鐼 羣
帬 薰 纁
勳 熏 醺 葷

臐 君 軍
芬
紛 雰 氛 殷 慇
勤 芹 懃 筋
筋 圻 齦 齗
欣 忻 昕 訢

十三元

原 源 嫄

草書韻會

上平 華 五八

上平 華 五七

賁 論 崙 坤

鯤 昏 惛 婚

閽 濆 賁 根

跟 恩 吞

十四寒

韓 翰

邯 汗 豻 單 鄲

丹 殫 安 鞍 難

餐 食 灘

歎 攤 珊

壇 檀 撣 彈

殘 乾 竿

蘭 欄 闌 欄

看 刊

十四寒

十五刪

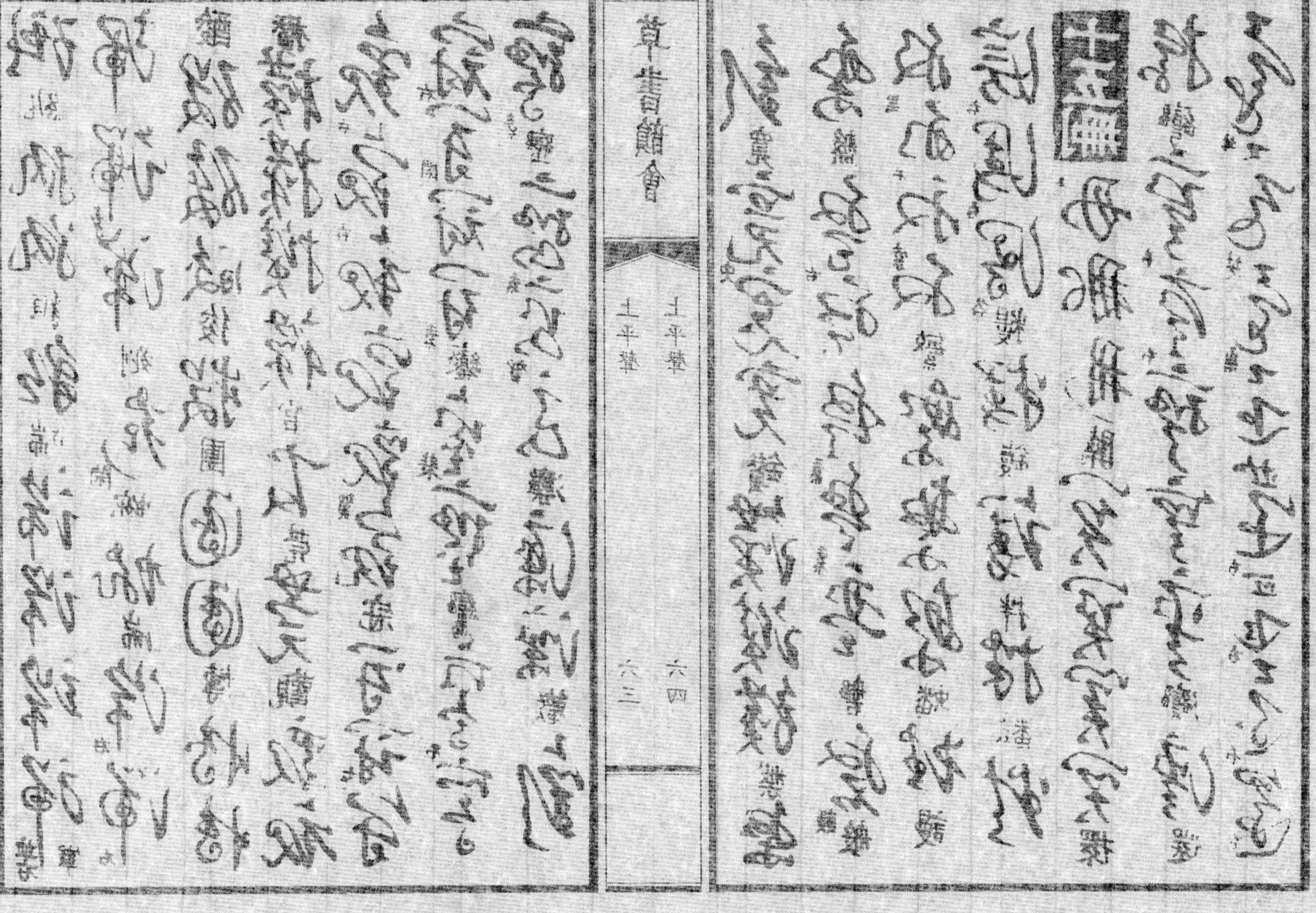

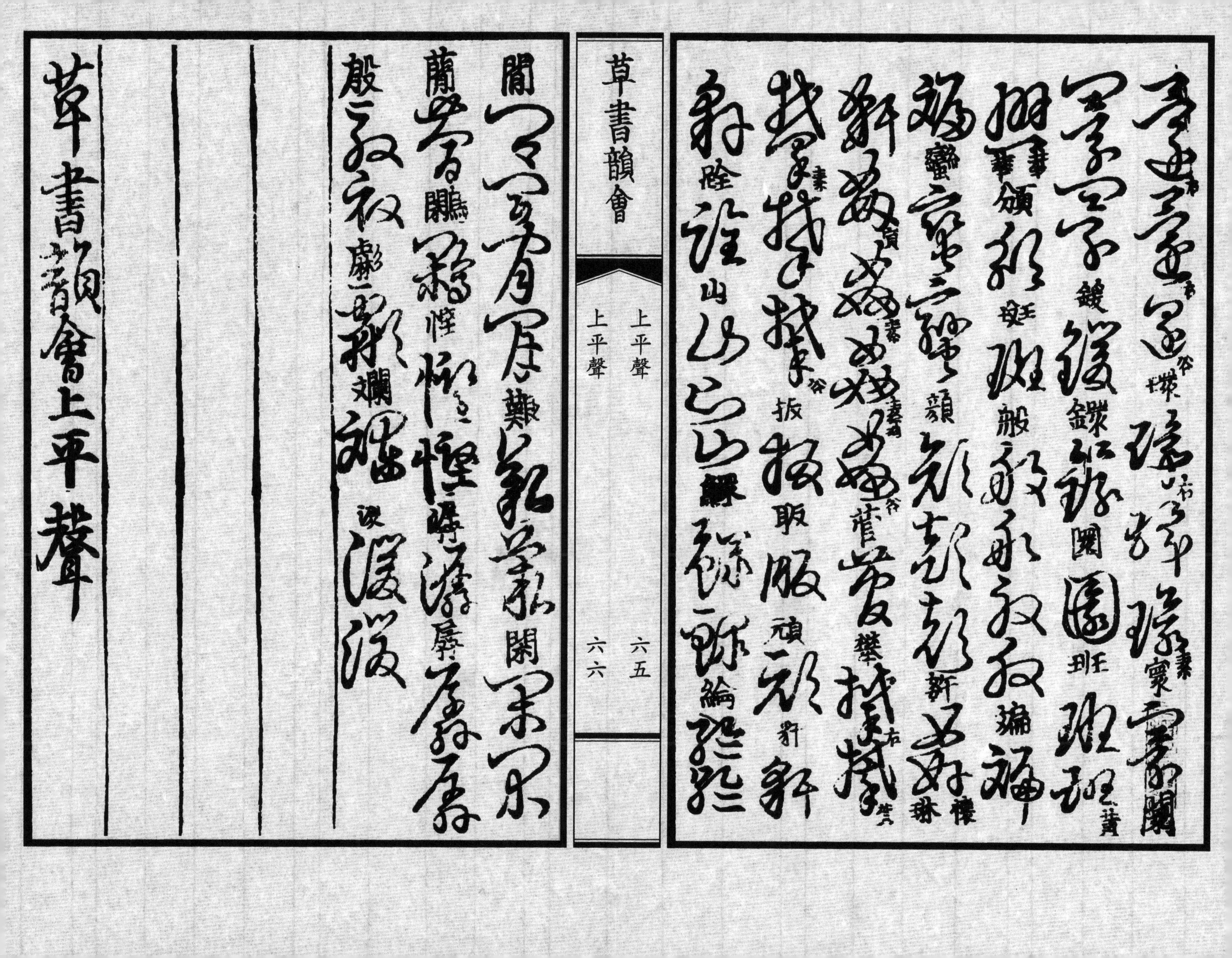

鍰 鐶 圜
班 斑
般 斒
蠻 顏
扳 販 頑 豻
山 綸

閒 鷳 憪
斕

草書韻會上平聲

草書韻會下平聲

錦溪老人張　天錫　集

先一　蕭二　肴三　豪四　歌五

麻六　陽七　庚八　青九　蒸十

尤十一　侵十二　覃十三　鹽十四　咸十五

一先

先　躚　前　千

千歲　韉　籛　天

堅　肩　賢

弦　絃　煙　烟

燕　蓮　憐

零　田　佃　畋

填　鈿　年

顛　巔

沂　妍

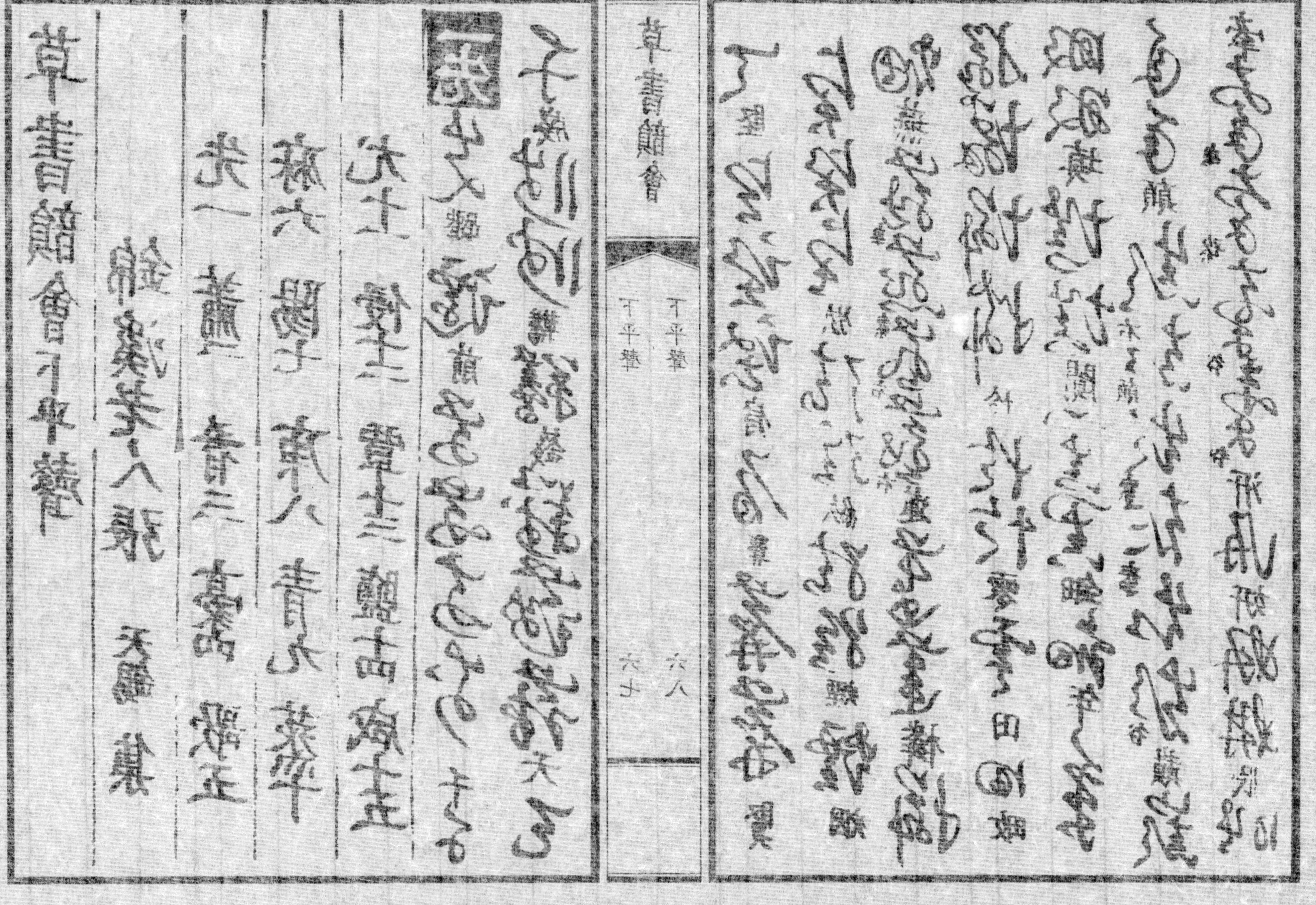

草書韻會
下平聲
六八
下平聲
草書韻會下平聲
金 張天錫 集
一先

蹁 軿 駢 淵

鶣 湔 蠲 蝙

邊

編 玄 懸

獻

仙 鮮 鐵

遷 韆 煎 然

延 筵 饘 旃

氈 羶 蟬

蠷 纏 躔 鄽

連 聯 篇

褊 翩 扁 便

平

縣 泉 宣

宣 鐫 翾 穿 沿

鋑 鵑 緣 旋

璿 還

遷 蟬 嬋 船

鞭 涎 銓

痊 悛 專 巔 遍

員 圓 湲 乾

虔 褰 騫 權

拳 卷 傳

攣 焉

篇 偏

挑 琱 凋

雕 鵰 彫 迢

條 齠 調

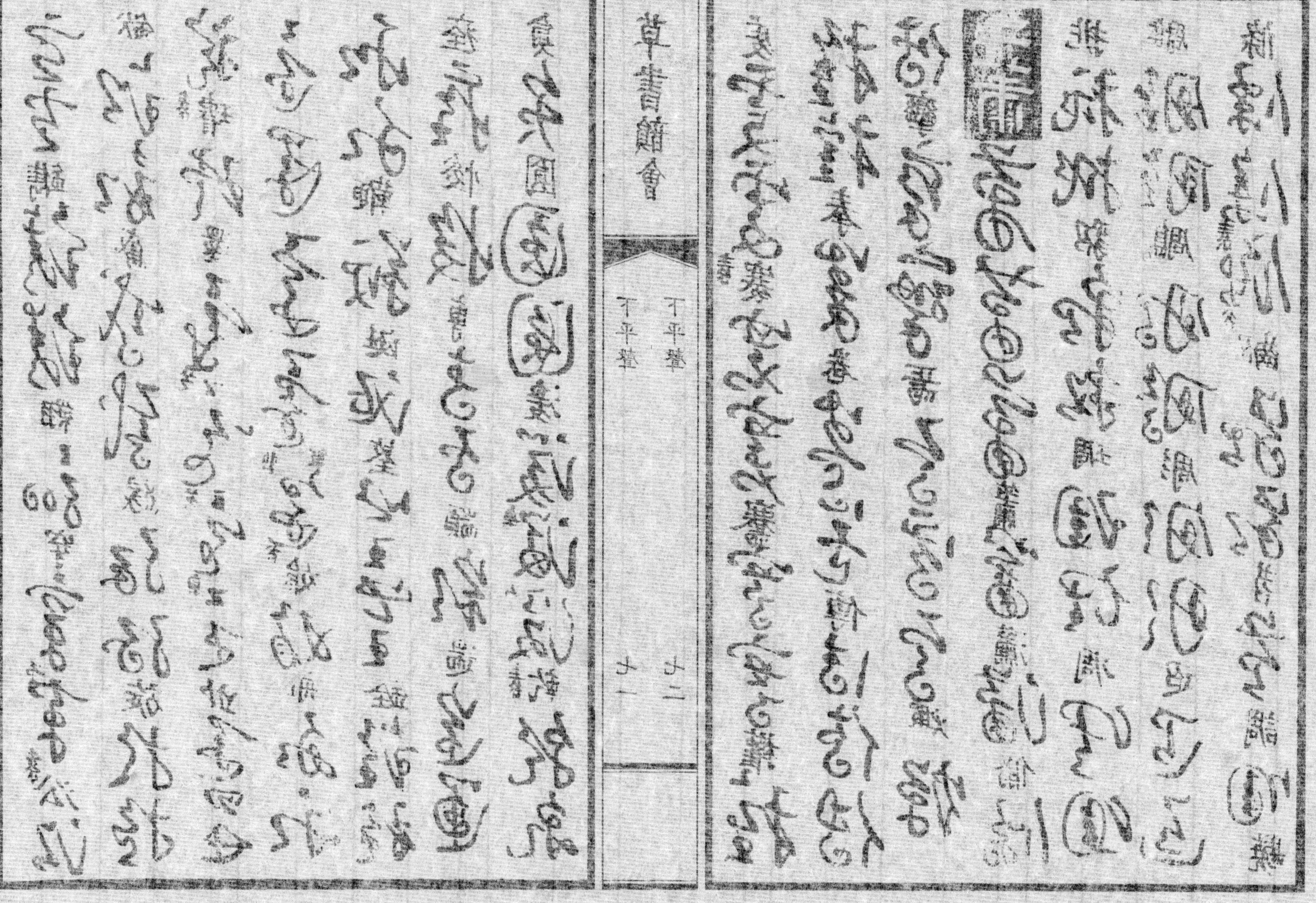
草書韻會
下平聲
十二

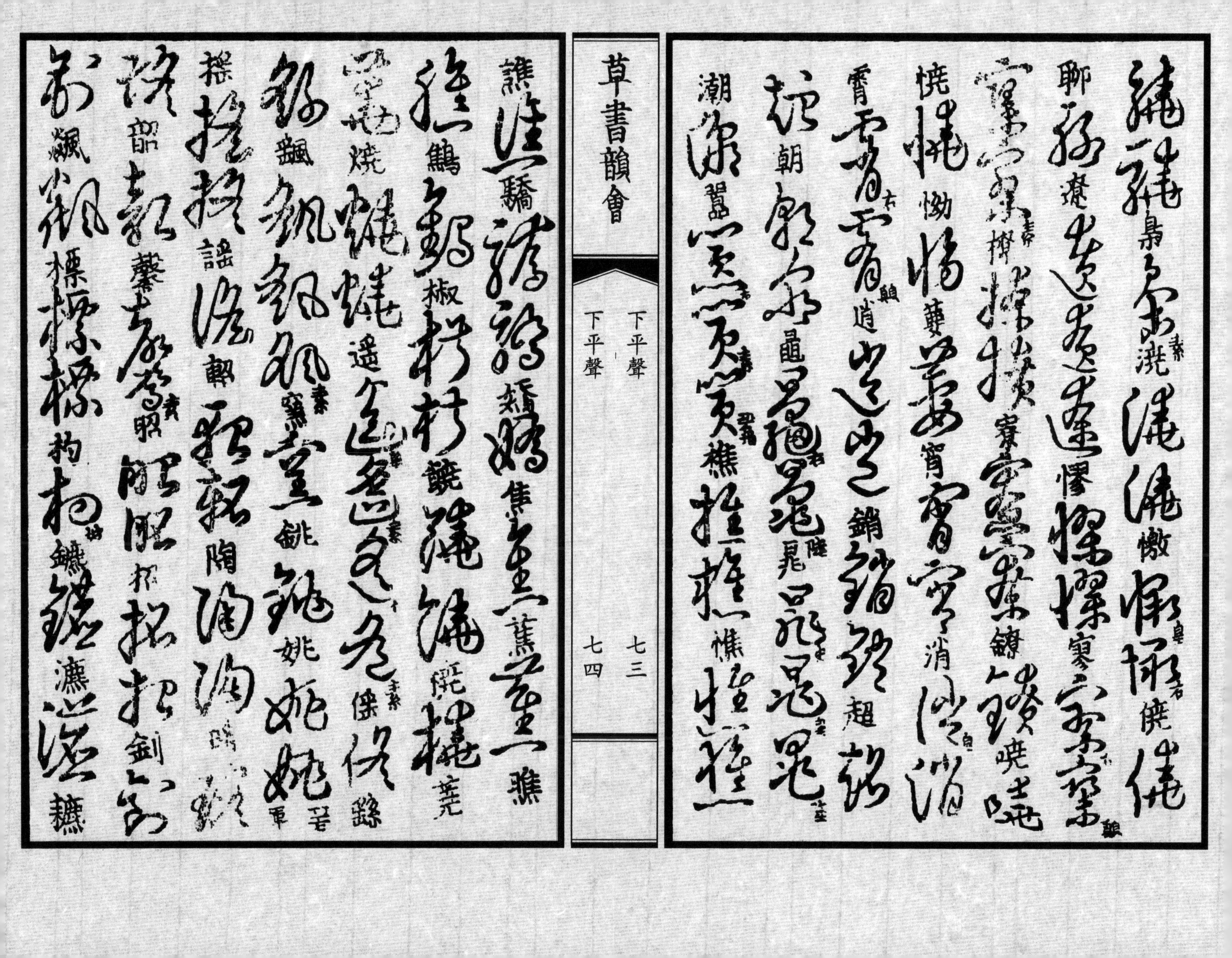

飄
描　要　腰
喬　轎
夭　漂　慓
翹　趫

三肴

肴　崤　淆　交　蛟
咬　郊　茭　膠

教　嘐　巢
鐃　梢　筲　鞘　茅
號　哮　包　拋
拋　泡　敲　聱　嘲
庖　咆　匏　麃

四豪

號
毫　嗥

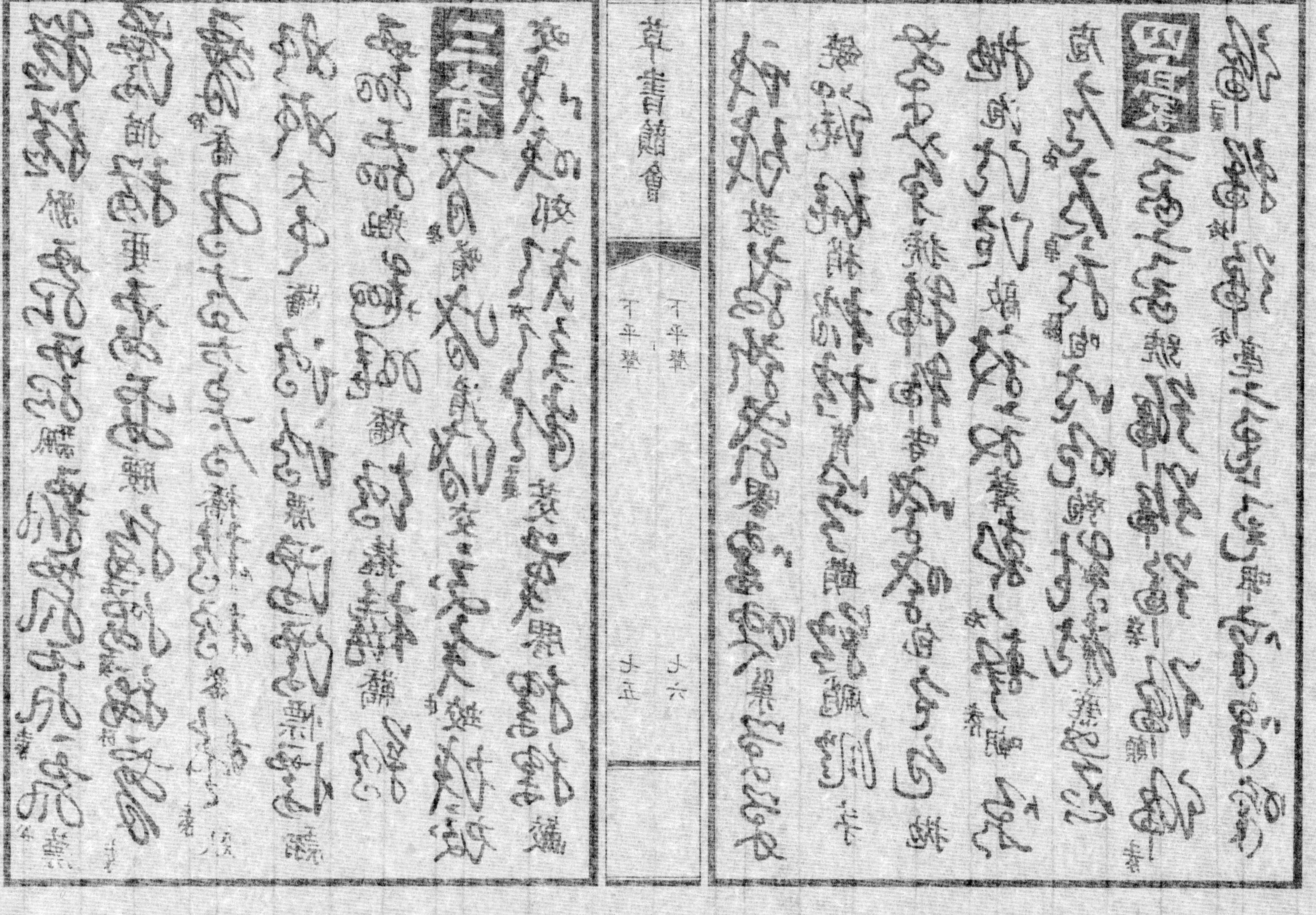
草書韻會
下平聲 七六
下平聲 七五

濠 高 膏 皐 史 右

櫜 咎 右 篙

槹 勞 皇 若 顛

牢 右 坡 醪 皐 谷 膋

毛 髦 旄 饕 洮

韜 滔 絛 排

騷 搔 繅 臊 褐

袍 裒 谷 陶 鼗 鞉

濤 桃 萄 翻 糟

遭 敖 遨 翱

鰲 鰲 熬 獒 鼇 曹

史 皇 槽 漕 猱 操

操 皇 右 右 操

五歌

歌 柯 軻

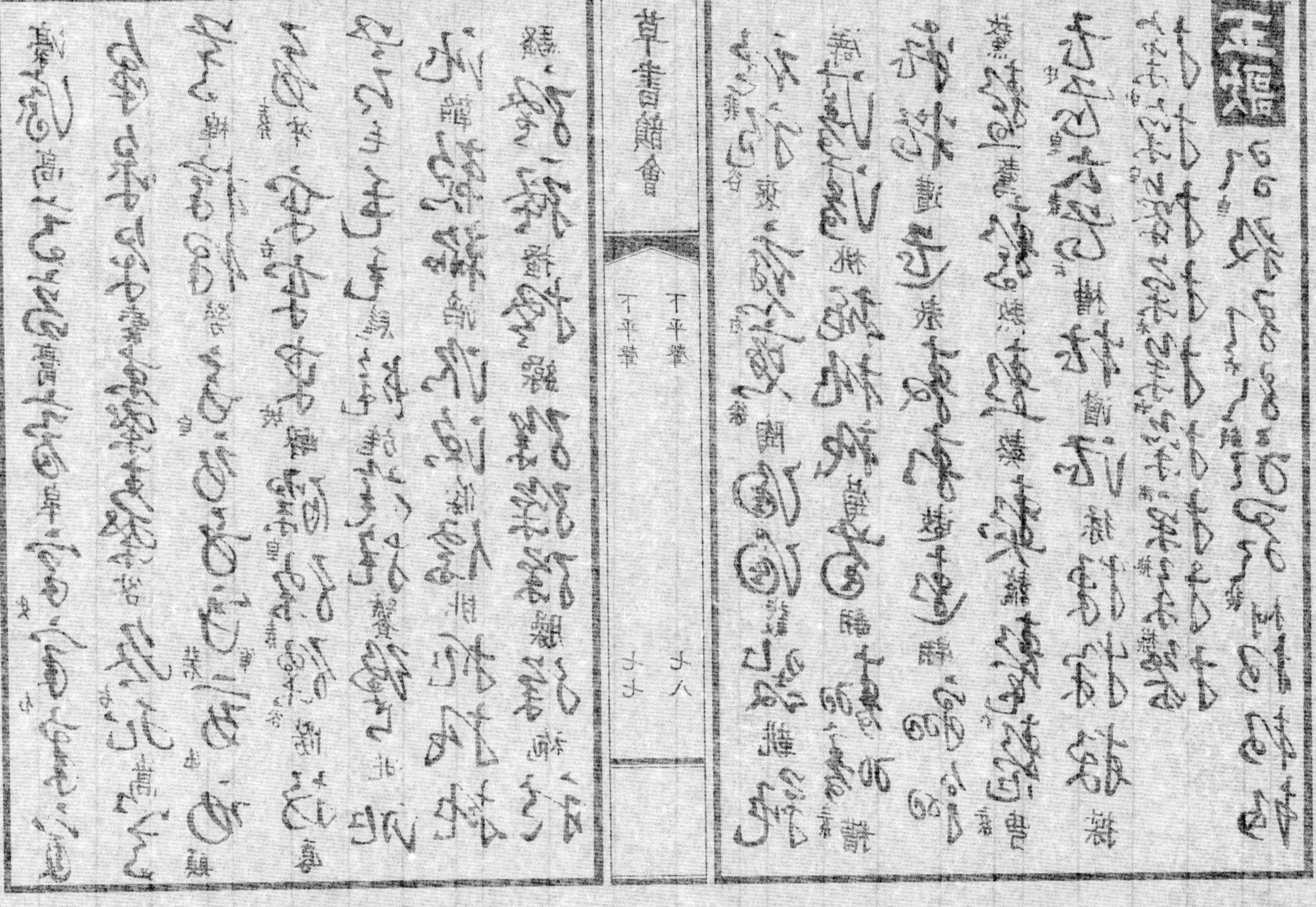
草書韻會
下平聲　十八
下平聲　十七

哥 蹉

搓 多

娑 獻 辛 軍 益獻 之 跎

鼉 滕 賈 大令 谷 跎 酡

馱 嵯 我 莪 鵝

皇 古 鵞 峨

蘿 谷 羅 谷 史 羅 右

那 何

河 荷 訶

阿 軻 痾 過 鈛

莎 唆 梭 娑

嶓 摩 魔 磨

騾 螺 鑹 波 頗

和 禾 科

窠 蹉 韡 茄

六麻 嘛 車 奢

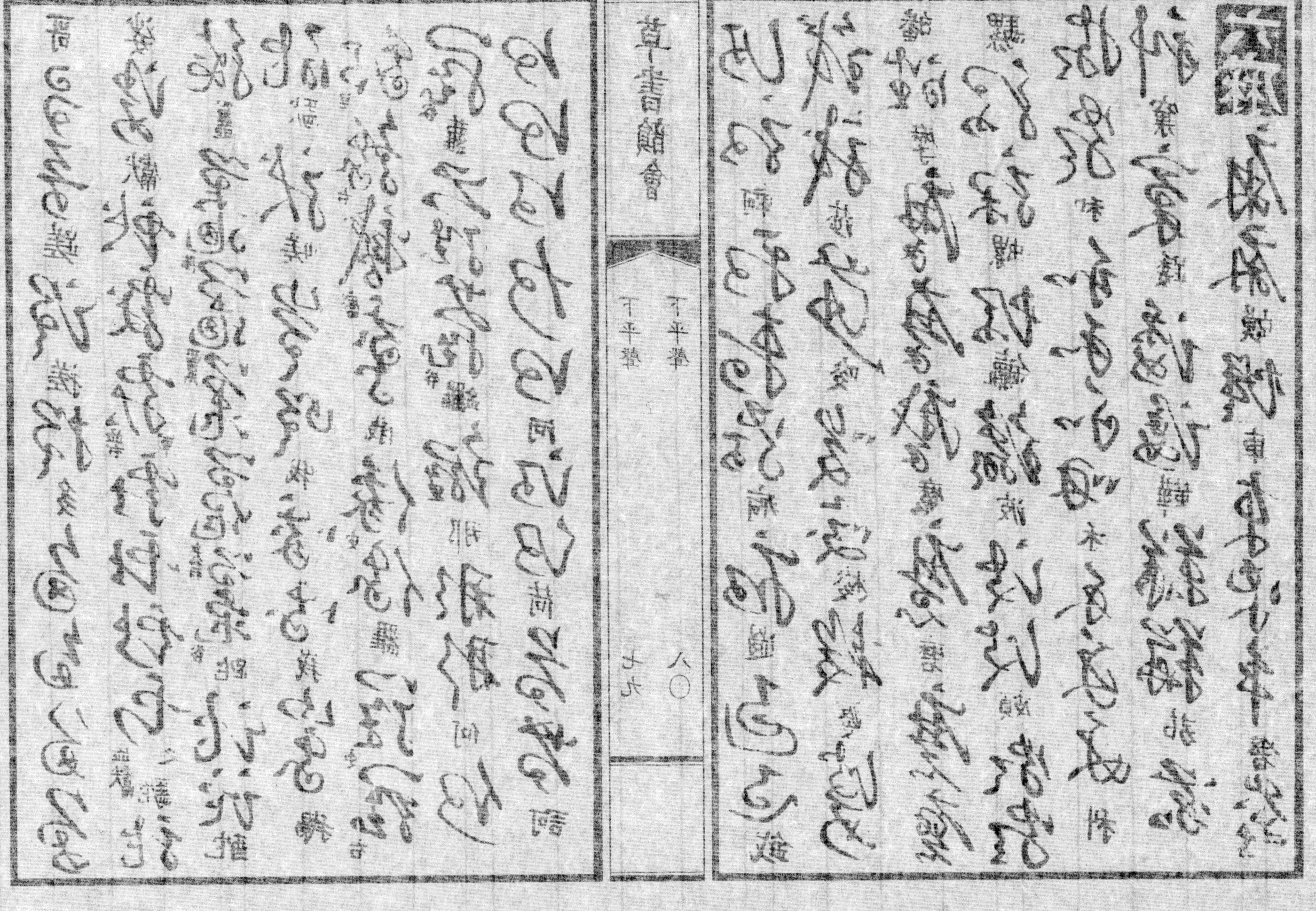
草書韻會
下平聲
八〇

䟫 邪 鎁 釾 遐

嗟 罝 華

鏵 爪 蝸 花

貨 素 譁 誇 夸

沆 韻 家

加 葭 麚

麚 豭 痂

鴐 枷 珈 迦

遐 蝦 鍜

霞 瑕 騢

碬 葩 鴉 鴉

巴 笆 豝 芭 叉

杈 差 敹

鎈 鯊 魦

沙 砂

紗 髿 牙

衙 芽 枒

樝 柤 搽 茶

衺 斜 邪

闍 家

洼 畦 鼃 窪

哇 鼃 撾 適

爬 把 琵

琶 楂 查 搓

苴 呀 些

侉 涯 鰕

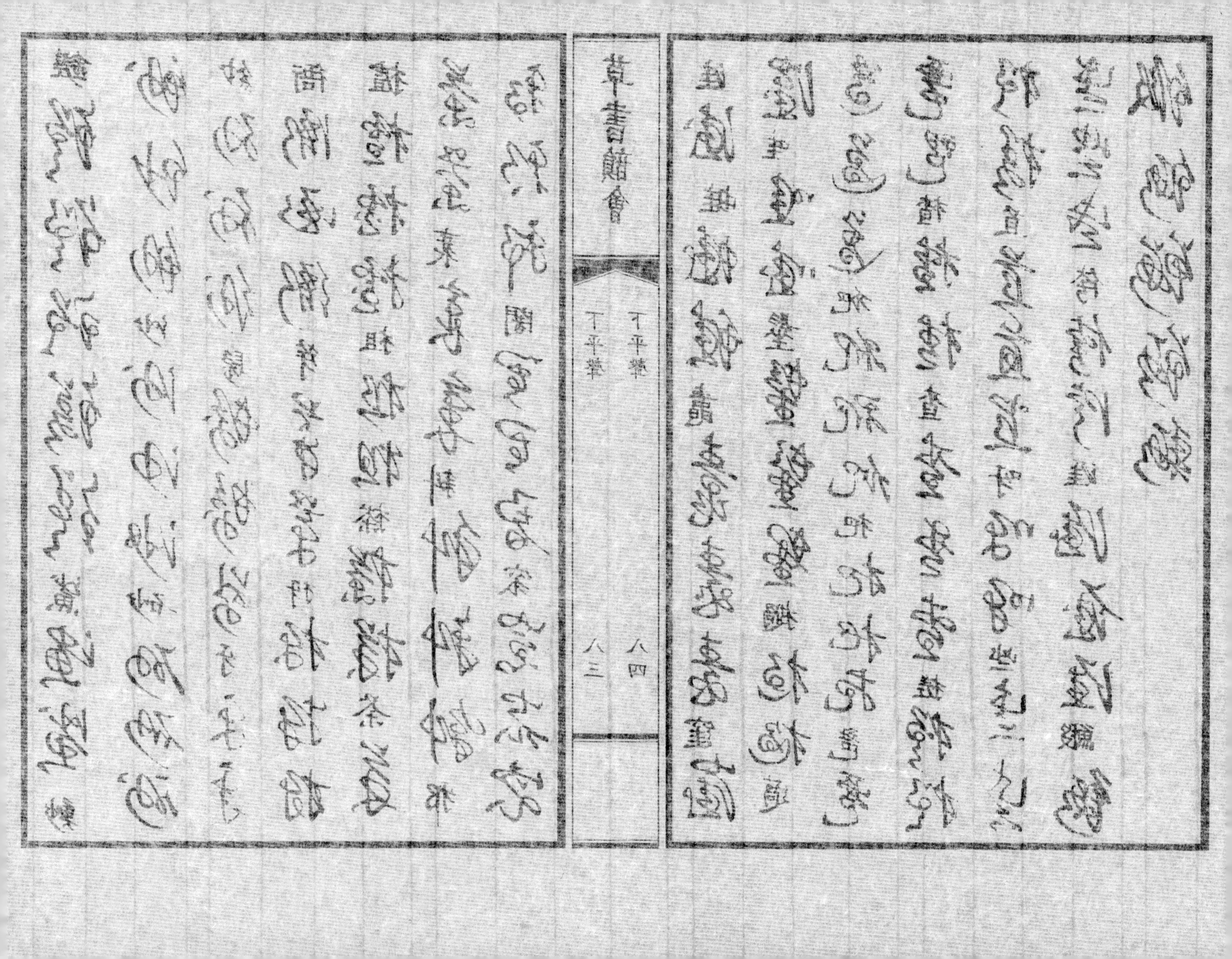

七陽

暘 楊 揚

颺 羊 徉

佯 洋 煬 鍚

敭 瘍

鴹 詳 翔 庠

祥 痒

良 梁 粱 粮 糧

綡 凉 [illegible] 量

蜋 輬 香

薌 鄉 商 賁 傷

殤 觴 湯 場

瑒 房 防 坊

魴 章 漳

樟 璋 彰

障 麞 獐
昌 倡 閶 菖
羌 蜣 薑 韁
畺 疆 壃 繮
韁 殭 礓 橿
姜 [illegible] 僵
長 萇

場 張
粻 穰 禳
攘 瀼 瓤
方 坊 蚄 肪 枋
襄 廂 相 緗
驤 箱 薌 蘘
創 瘡 亡

茫 忘
鋩 望 孃
娘 牀 床 莊
庄 裝 糚
常 尚 裳
嘗 鱨 償
霜 鸘 孀

牆 廧 墻
嬙 檣 薔 蘠
戕 鏘 戧 槍
蹌 斨 搶
匡 筐 恇 眶 王 央
鴦 殃 鞅 秧
霙 泱 強 彊

倀 芳 妨 狂 軖
唐 塘 糖 堂
棠 瑭
螳 塘 溏 煻 郎 鄌
筤 粮 桹 廊
螂 榔 鋃
浪 蜋 琅 瑯

狼 當 鐺
簹 檔 璫 倉
蒼 鶬 滄 岡
崗 堽 剛 鋼
綱 元 犅 犅 桑 桒
喪 康 糠 糠
顙 荒 肓 衁

皇 璜 遑
潢 煌 艎 篁 黃
隍 徨 蝗 凰 偟
湟 光 洸 胱 [illegible]
湯 鍠 滂 鎊 霶
雱 汪 尪 航 行
頏 抗 荒 忙 邙

牂 戕
贓 囊 傍 徬 房
旁 卬 昂 藏
幫 縍 幫 謗
八庚 鶊 更 秔 粳 [illegible]
羹 阬 坑 盲
鄉 横 黌 鐄

草書韻會

喤閍祊諻觵
航彭棚脝亨瞠
鐄鐺槍
霙韺英瑛
烹平評苹枰
驚京荆明盟
鵬鳴棖

榮兵兄卿生笙
狌猩鉎甥擎
勍黥鱷鯨檠迎
行衡珩
蘅儜耕鏗誙
牼硜甍萌氓
吰宏紘

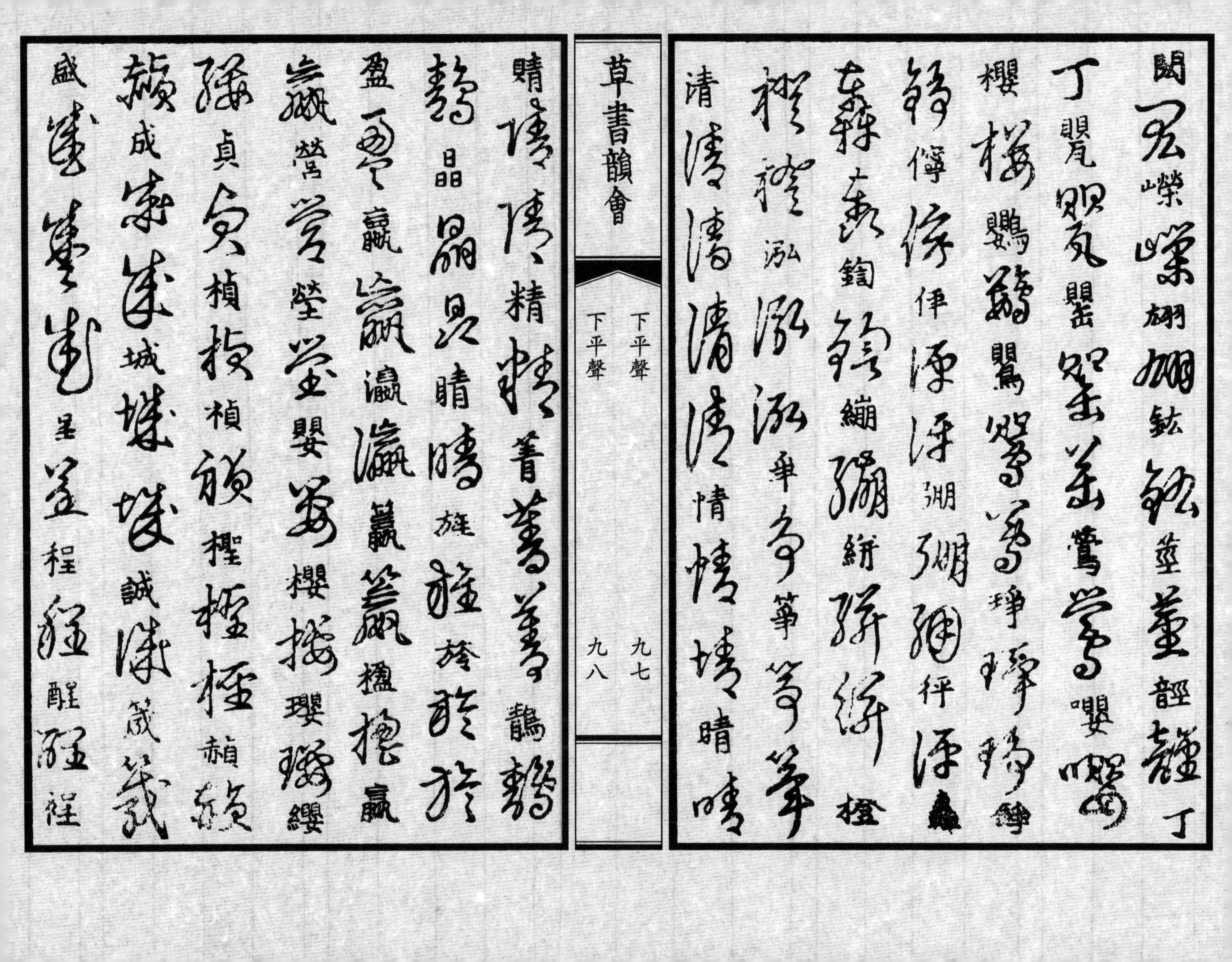

閎 嶸 翃 鈜 莖 誙 丁
甖 罌 鶯 嚶
櫻 鸚 鸎 琤
儜 伻 淜 枰
鍧 繃 絣 橙
泓 爭 箏
清 情 晴

睛 精 菁 鶄
晶 睛 旌 旍
盈 嬴 瀛 籯 楹 嬴
營 塋 嬰 攖 瓔 纓
貞 楨 禎 檉 赬
成 城 誠 筬
盛 呈 程 酲 裎

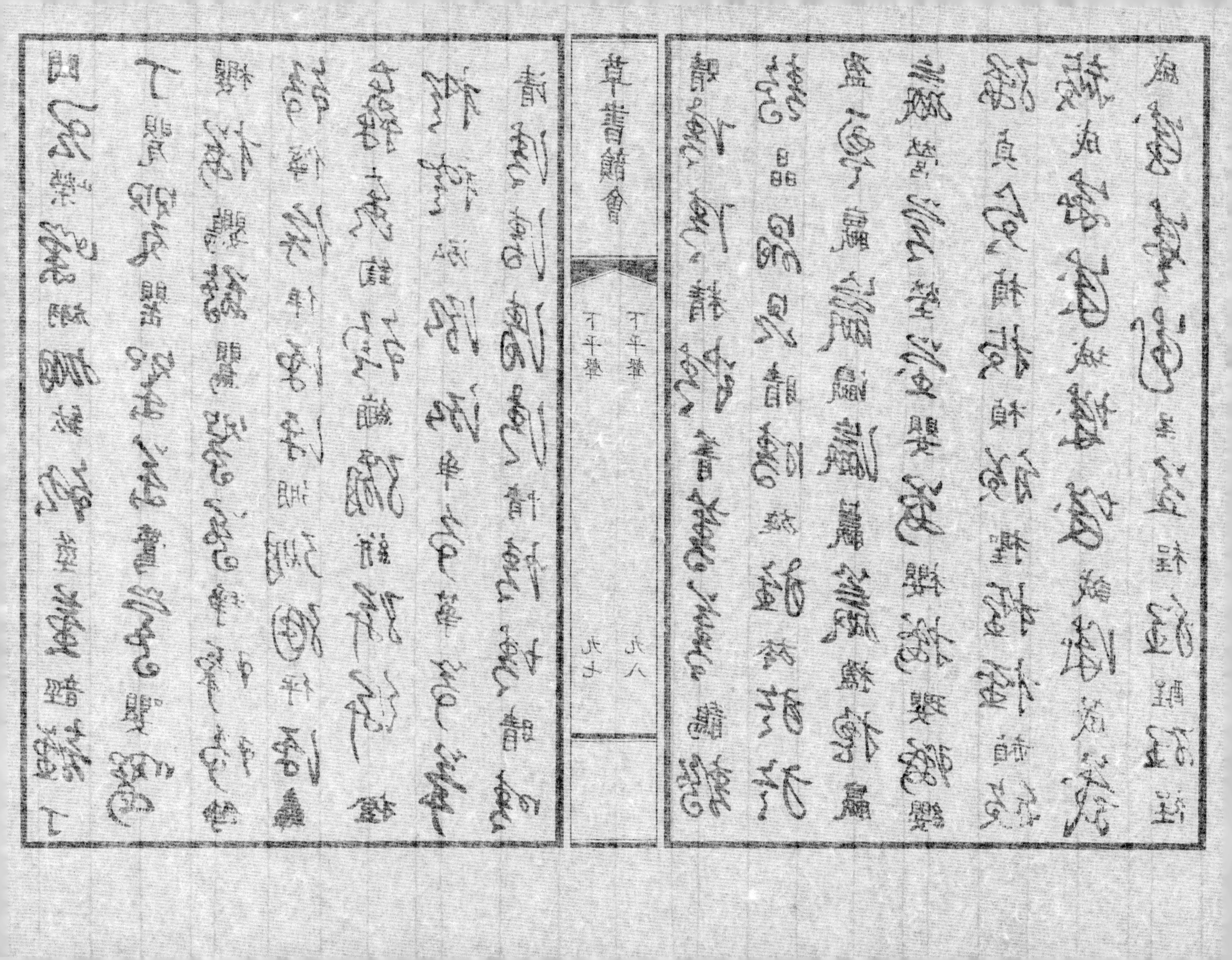

聲 征 鯖

鉦 正 輕 名

洺 令 并 傾 頃 錫

縈 瓊 煢 褮 [illegible]

騂 梓 埣 郱

九青 經 涇 形 邢

鉶 型 陘 侀 硎 庭

停 莛 莛 亭 霆 渟

綎 娗 蜓 廷 丁 釘

玎 仃 馨 星 腥 醒

惺 俜 靈 齡 囹 鴒

鳹 蛉 鈴 醽 苓

櫺 伶 泠 令 領 [illegible]

玲 聆 零 翎 寧 汀

聽 廳 鞓 冥 銘 溟

螟 蓂 瞑 瓶 鉼

屏 萍 蓱 熒 螢 扃

駉 坰 滎

十蒸 蒸 烝 縢 承 丞

徵 澄 憕 懲 陵

淩 綾 凌 蔆 菱

膺 應 鷹 鷹 凭

馮 憑 冰 掤 蠅 繩

乘 繩 升 昇 陞 勝

仍 兢 矜 徵 繒 鄫 憎

凝 興 稱 偁

僜 砯 登 燈

簦 [illegible] [illegible] 楞 棱 稜

僧 鬙 增 憎 曾 矰

罾 橧 層 曾 朋 堋

鵬 弘 鞃 肱 薨 能

騰 滕 縢 幐

螣 藤 謄 籐 恒

絙 緪 絚 譍 陾

十一尤 疣 郵 訧 憂

優 麀 鞻 劉 留

騮 流 飂 飀 榴 旒

瑠 遛 鏐 秋 鞦 鶖 鰍

楸 猷 猶 悠 油 由

攸 蕕 輶 蝣 游 遊

繇 牛 啾 揫 湫

酋 遒 脩 修 羞

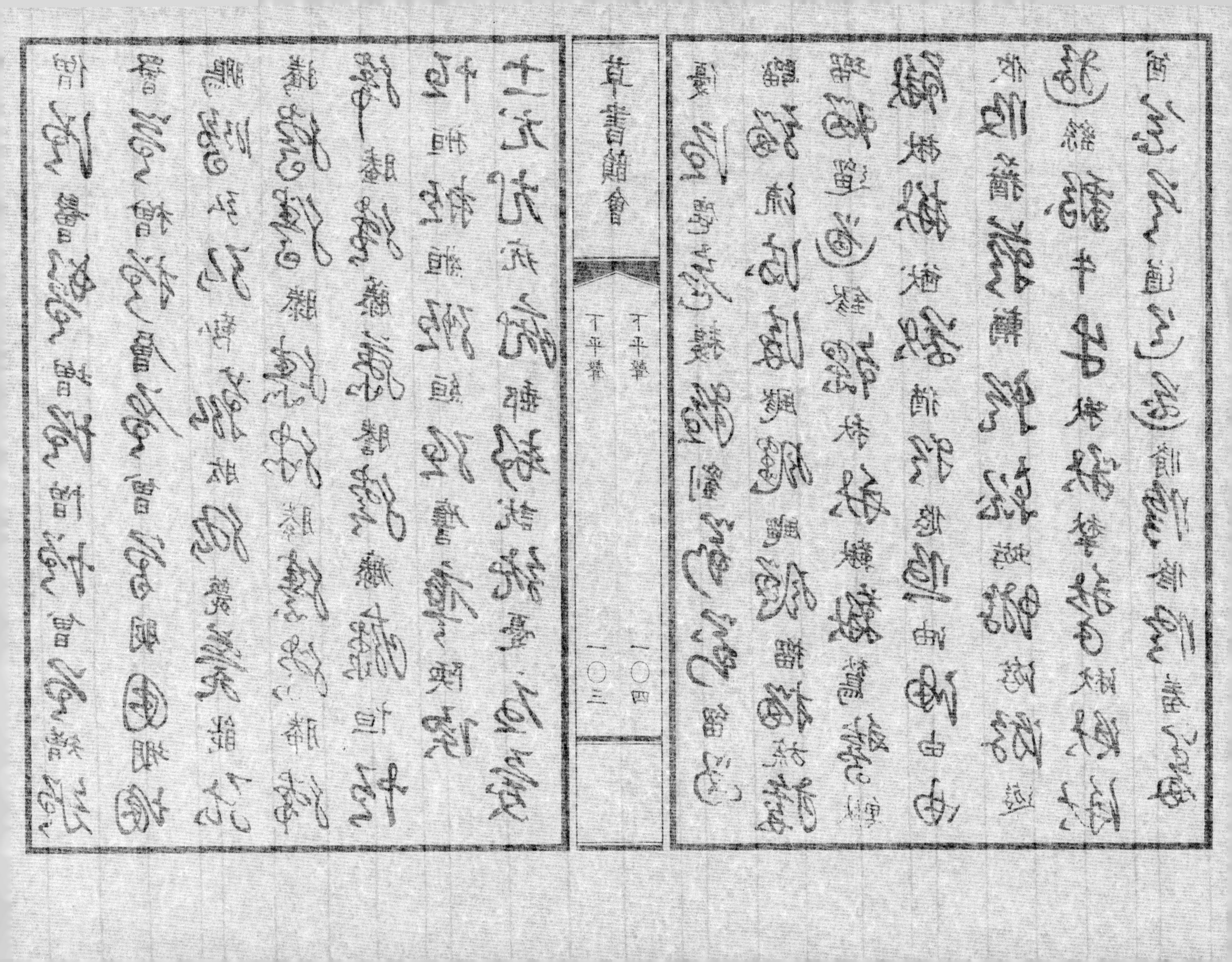

草書韻會

下平聲 一〇五

抽 惆 瘳 妯 犨 雔 犫
周 州 輈 洲 賙 舟
讎 酬 醻 魗 柔 揉
睬 蹂 鞣 腬 揉 収
收 丘 鳩 不 紑
獀 搜 颼 廋 膢 蒐
搊 掐 蒭 鄒 鄹 騶

下平聲 一〇六

騶 愁 休 咻 貅 貅
庥 囚 儔 幬 裯 疇 紬
綢 籌 輖 譸 㑳
調 裘 仇 厹 求 逑
球 璆 艽 俅 釚
絿 銶 捄 毬 浮 桴 枹
罦 罘 涪 芣 蜉 謀 眸

草書韻會

下平聲 一〇六

下平聲 一〇五

草書韻會

下平聲

牟 侔 矛 鍪 麰

蟊 侯 帿 鍭 猴 餱

喉 篌 謳 歐 甌 區

漚 鷗 僂 婁 髏 慺 膢

螻 揪 鍬 彄 摳 緅

陬 棷 掫 偷 鍮 媮

頭 投 骰 鉤 溝 韝 緱

篝 枸 句 軥 兜 鄹 裒

抔 幽 呦 蚪 掊 觩

璆 彪 摎 繆

侵 駸 綅 尋 鐔 潯

鬵 林 琳 淋 臨 霖

琛 賝 郴 斟 針 鍼

箴 沈 沉 霃 碪 砧 諶

忱 煁 任 壬 紝 深

淫 霪 婬 蟫 心 愔

祲 琴 黔 禽 擒

欽 衾 吟 岑 歆

金 今 衿 襟 禁 音 瘖

陰 森 參 蔘 岑 涔 簪

簪 嵾 梫

十三覃 潭 曇 譚 參

驂 南 男 枏 揇 諳 [illegible]

庵 菴 [illegible] 喑 含 函

[illegible] 函 婪 燣 嵐

簪 鐕 探 貪 耽 湛

眈 酖 妉 毿 龕

堪 戡 弇 談 郯

惔 淡 痰 澹

餤 甘 柑 苷 泔

擔 三 參 籃

藍 聃 耼

憨 慚

鏨 酣

憨

十四鹽

閻 檐 簷

廉 鐮 簾

匳 帘 砭 鍼 暹

纖 殲 籤 妻 詹

瞻 [illegible] [illegible] 占

擔 蟾 襜 [illegible]

[illegible] 粘 炎 霑 淹

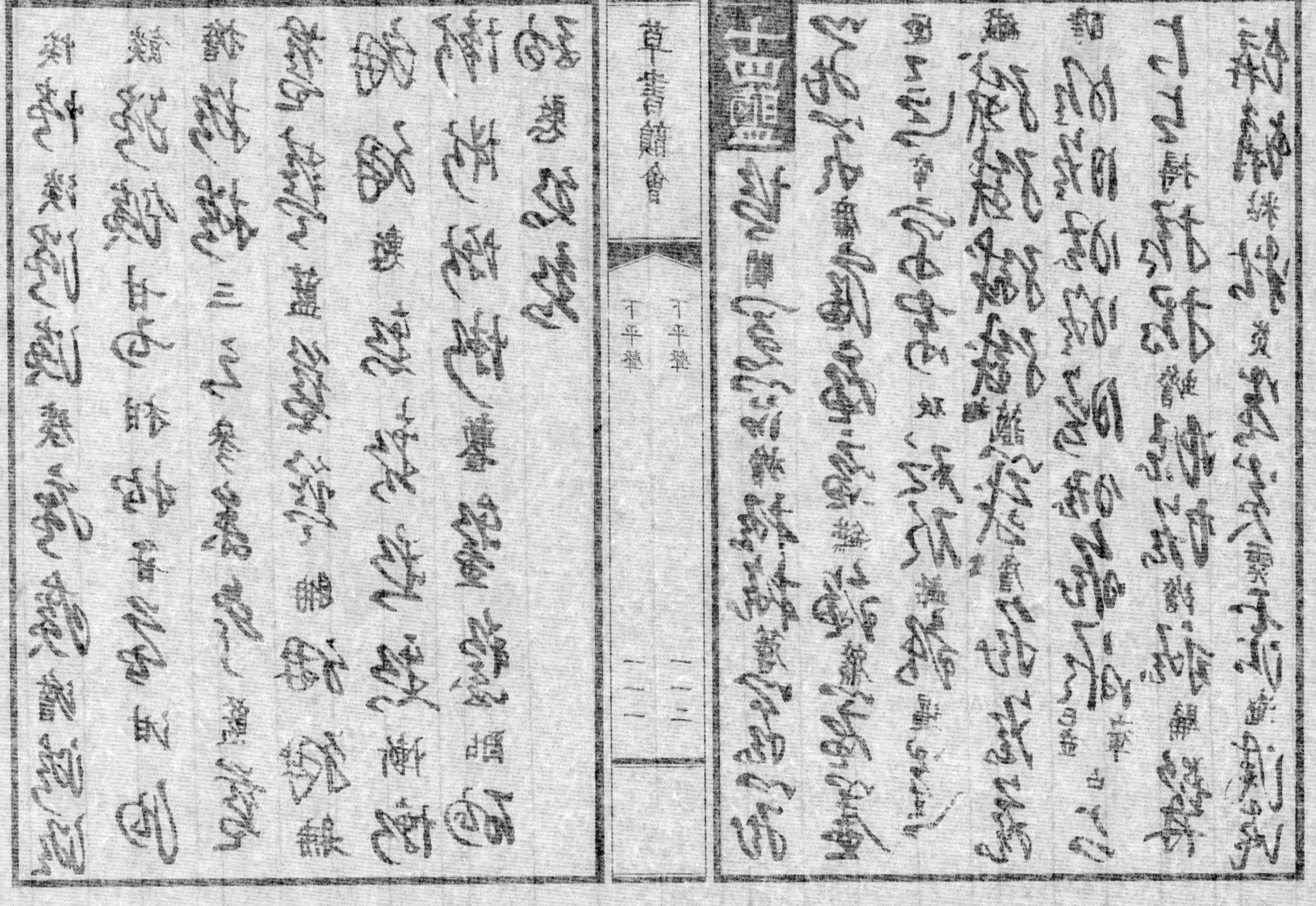

草書韻會
下平聲
十四鹽

殲 漸 潛

銛 黔 鹹 鈐 厭

猒 饜 添 醃

甜 恬 謙 鎌

縑 鶼 蒹 嫌

拈 廉

醃

十五咸

鹹

緘 摻 杉 讒

饞 巉 銜 巖

攙 杉 芟 監

帆 帆

草書韻會下平聲

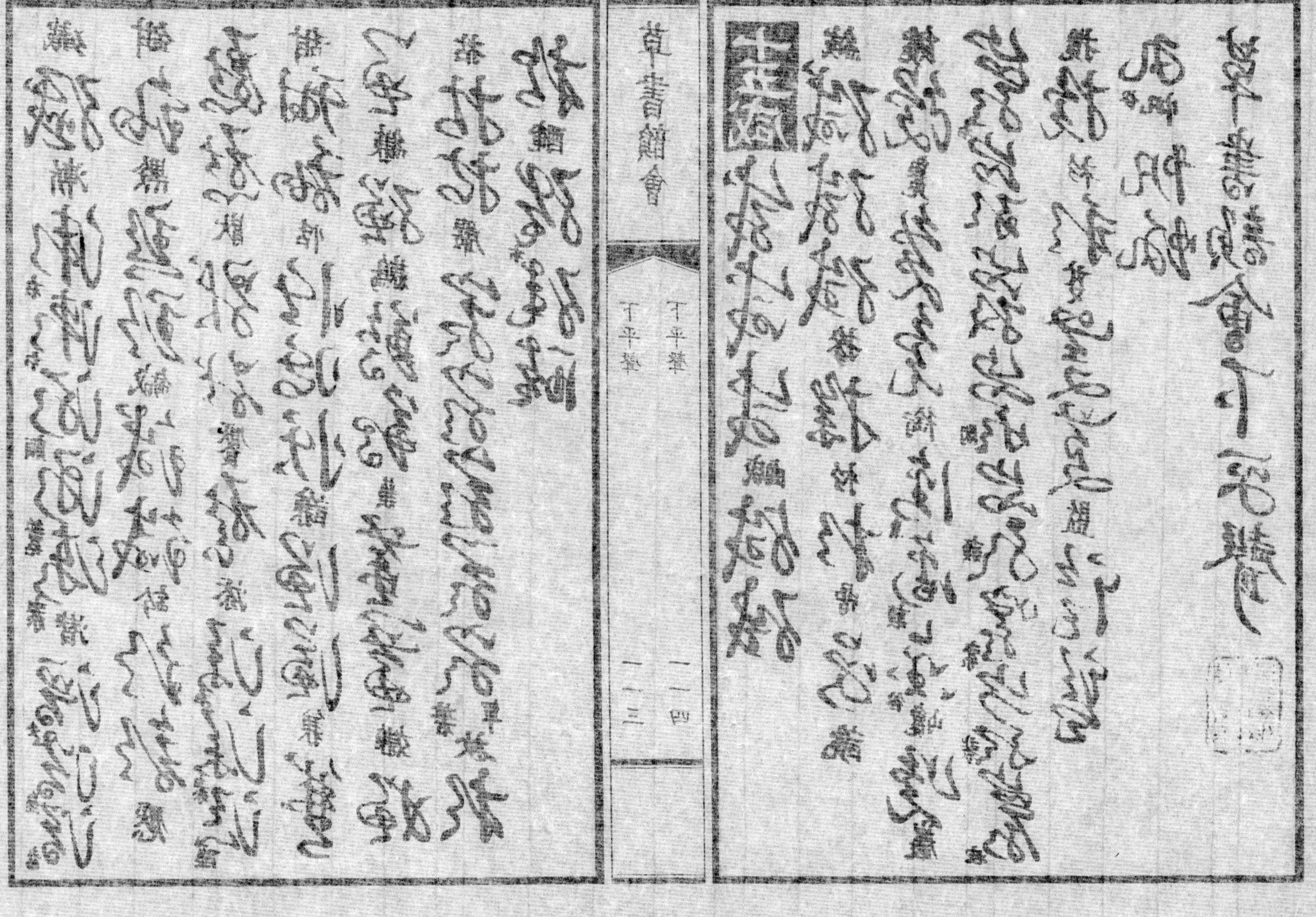
草書韻會
下平聲
一一四
下平聲
一一三